劳动赞歌

劳动最美丽

LAODONG ZUI MEILI

主　　编◎韩　震

本卷主编◎石　芳

河北出版传媒集团

河北少年儿童出版社

图书在版编目（CIP）数据

劳动最美丽 / 石芳主编 . — 石家庄 : 河北少年儿
童出版社 , 2021.1（2021.6 重印）
（劳动赞歌 / 韩震主编）
ISBN 978-7-5595-3456-9

Ⅰ . ①劳… Ⅱ . ①石… Ⅲ . ①故事 – 作品集 – 中国 –
当代 Ⅳ . ① I247.81

中国版本图书馆 CIP 数据核字（2020）第 217972 号

劳动赞歌

主　编　韩　震

劳动最美丽
LAODONG ZUI MEILI

本卷主编　石　芳

内文插图：曹　源　张一枝　郭婧莹　章　敏

选题策划：段建军　康文义
责任编辑：刘　欣　王广春
装帧设计：卞君君

出　　版　河北出版传媒集团　河北少年儿童出版社
地　　址　石家庄市桥西区普惠路 6 号　邮编　050020
　　　　　电话　010-87653015（发行部）
发　　行　全国新华书店
印　　刷　河北省武强县画业有限责任公司
开　　本　787 毫米 × 1092 毫米　1/16
印　　张　12.75
版　　次　2021 年 1 月第 1 版
印　　次　2021 年 6 月第 2 次印刷
书　　号　ISBN 978-7-5595-3456-9
定　　价　36.00 元

劳动最美丽

主 编

韩 震

本卷主编

石 芳

撰 稿 人（按姓氏笔画排序）

宁 雪　邢维维　宋丽丽

杨都乐　周旭明　张 帅

代序

劳动者的赞歌

韩 震

青少年朋友们，你们成长在新时代，你们是时代的幸运儿，也应该成为时代的弄潮儿。中华民族伟大复兴中国梦和社会主义现代化强国，将通过你们的努力而实现。你们要了解自己成长的国际国内的大背景。你们所处的时代是怎样的时代呢？目前，世界面临百年未有之大变局。中国的发展既充满现实挑战，更蕴藏着历史性机遇。中国特色社会主义进入新时代，面对中华民族伟大复兴和建设社会主义现代化强国的战略目标，必须大力弘扬伟大奋斗精神，脚踏实地、辛勤劳动、艰苦创业，以持续不懈的奋斗与努力，创造未来美好生活。习近平总书记多次围绕劳动的意义、如何弘扬劳动精神、加强劳动教育等内容进行深刻阐述，内涵丰富、思想深邃，为决胜全面建成小康社会、夺取新时代中国特色社会主义伟大胜利、实现中华民族伟大复兴的中国梦提供了强大的思想引领和精神支撑。你们是未来建成社会主义现代化强国的主力军，希望你们牢记总书记的谆谆教导和嘱托。

一、劳动是人类社会的永恒基础和发展动力

首先，劳动创造了人，劳动是人类文明的基石。习近平总书记指出，"人类是劳动创造的，社会是劳动创造的"。[①] 人来自何处？人不是源自上

---

① 2016 年 4 月 26 日，习近平在知识分子、劳动模范、青年代表座谈会上的讲话。

帝的创造，人类文明也不是神的恩赐。人类是自然界长期进化的结果，但人类进化超越了一般动物界的生物进化。人的进化是劳动工具和劳动方式的进化，人类文明是靠人逐渐发展起来的有目的有意识的劳动活动创造并且积累起来的。人力不如牛，但可以通过劳动创造出比牛力气更大且毫无疲倦感的机器；人跑起来不如马，但却可以通过劳动创造出比马跑得更快、更持久的汽车、火车；人不能像鸟一样飞翔，但却可以通过劳动创造出飞得更高、更快的飞机、航天器……人类及其人类文明的一切成就都源自劳动创造。劳动是真正属于人的本质性力量。中华民族是勤于劳动、善于创造的民族，因而创造了灿烂辉煌的古代文明和今天的"中国奇迹"。这就是习近平总书记指出的："正是因为劳动创造，我们拥有了历史的辉煌；也正是因为劳动创造，我们拥有了今天的成就。"①"劳动创造了中华民族，造就了中华民族的辉煌历史，也必将创造出中华民族的光明未来。"② 在百舸争流的新时代，勤劳的中华民族应该"同心同德，开拓进取，用辛勤劳动创造中国人民的美好生活、创造中华民族的美好未来，继续同世界各国人民一道构建人类命运共同体"③。

显然，劳动不仅创造历史，而且开创未来，"劳动是推动人类社会进步的根本力量"④。劳动不仅创造了人、创造了社会文明，而且仍然在塑造着人、塑造着人类社会。新冠肺炎疫情期间，人们尽管宅在家中，但许多人通过网络在线的方式进行着各种"云工作"，不仅你们的老师要给你们"上网课"，而且仍然有无数人通过劳作从田间种植收获各种蔬菜、在工厂加工各种必需品、通过运输工具把各种生活用品送到家门口，保障人们的日常生活。离开劳动，人类根本就不能正常生存和发展。历史唯物主义认

---

① 2015 年 4 月 28 日，习近平在庆祝"五一"国际劳动节暨表彰全国劳动模范和先进工作者大会上的讲话。

② 2013 年 4 月 28 日，习近平在同全国劳动模范代表座谈时的讲话。

③ 2019 年 2 月 3 日，习近平在中共中央、国务院举行 2019 年春节团拜会上的讲话。

④ 2013 年 4 月 28 日，习近平在同全国劳动模范代表座谈时的讲话。

为，经济基础决定上层建筑，而在经济基础之中生产力决定生产关系。人的劳动是发展生产力和推动经济发展的最活跃的力量，劳动生产率的提高必定推动经济社会的发展，而且为人类的一切文明活动创造条件。生产力的提高是人民群众劳动经验的积累和技术发明的结果。人民群众创造了历史，就是说，人民群众的劳动推动了社会的发展和进步。今天，全面建成小康社会，进而建成富强民主文明和谐的社会主义现代化国家，从根本上说，也是要靠劳动、靠劳动者的创造。正如习近平总书记强调的："劳动是一切成功的必经之路。"①要实现确立的奋斗目标，归根到底要靠辛勤劳动、诚实劳动、科学劳动。你们是国家的未来，中国的未来就要靠你们的劳动来创造。

另外，劳动是创造财富的源泉，也是幸福生活的源泉。"人世间的一切幸福都需要靠辛勤的劳动来创造。"②功崇惟志，业广惟勤。民生在勤，勤则不匮。幸福不是毛毛雨，幸福不是免费午餐，幸福也不是天上掉馅饼；幸福不会从天而降，梦想不会自动成真。中国的经济"奇迹"，是你们的前辈们历尽千辛万苦奋斗出来的，凝聚的是亿万劳动人民的汗水和心血。我国仍处于并将长期处于社会主义初级阶段，实现中国梦，创造全体人民更加美好的生活，任重而道远，需要每一个中华儿女继续付出辛勤劳动和艰苦努力。"人世间的美好梦想，只有通过诚实劳动才能实现；发展中的各种难题，只有通过诚实劳动才能破解；生命里的一切辉煌，只有通过诚实劳动才能铸就。"③未来的美好生活，只能靠你们自己的双手来创造，只有通过劳动汗水的浇灌，才能绽放美好生活之花。

劳动是一切成功的必经之路，人只有通过劳动创造，才能实现自己的

① 2014 年 4 月 30 日，习近平在乌鲁木齐接见劳动模范和先进工作者、先进人物代表时的讲话。
② 2012 年 11 月 15 日，习近平同采访十八大的中外记者见面时的谈话。
③ 2013 年 4 月 28 日，习近平在同全国劳动模范代表座谈时的讲话。

人生价值。衡量人生价值的尺度不是占有和消费了多少价值，而是通过劳动为社会创造了多少价值。历史上，那些骄奢淫逸、虚度时光的人，不过是黑格尔所说的消费物质财富的"消极力量"，而只有通过劳动创造社会财富的人，才对社会历史发展贡献了真正积极的力量。中国梦是人民的梦，中国特色社会主义事业为所有人创造了人生出彩的机会。梦想属于每一个人，实现梦想就要靠每个人的辛勤劳动、诚实劳动、创造性劳动。成功从来不是给守株待兔的人准备的，成功的机遇属于甘于奉献、勇于创造的奋进者。劳动永远是走向人生成功的唯一坦途。三百六十行，行行出状元。任何劳动者，无论从事什么样的工作，无论技术含量如何，"只要勤于学习、善于实践，在工作上兢兢业业、精益求精，就一定能够造就闪光的人生"①。希望每一位青少年朋友，今天好好学习知识和技能，将来通过自己的辛勤铸就自己的辉煌人生。

二、让劳动光荣、创造伟大成为铿锵的时代强音

习近平总书记指出："劳动是人类的本质活动，劳动光荣、创造伟大是对人类文明进步规律的重要诠释。"②当下，面对新冠肺炎疫情和风云变幻的国际形势，我们不能有丝毫的彷徨和犹疑，必须以更为坚韧的奋斗精神，通过亿万人民的创造性劳动，实现既定的目标。"一勤天下无难事。"无论时代条件发生怎样的变化，都必须牢固树立劳动最光荣、劳动最崇高、劳动最伟大、劳动最美丽的观念，崇尚劳动、尊重劳动者，始终把劳动者看作是社会的主人翁，重视发挥广大劳动群众的积极性和创造力量。让每位中华儿女——包括今天的我们和明天的你们——都最大可能地焕发劳动热情、释放创造潜能，通过劳动创造更加美好的生活。

---

① 2016年4月26日，习近平在知识分子、劳动模范、青年代表座谈会上的讲话。
② 2015年4月28日，习近平在庆祝"五一"国际劳动节暨表彰全国劳动模范和先进工作者大会上的讲话。

劳动最光荣。劳动者的光荣，首先体现在劳动者创造的价值上。从衣食住行的物质条件，到"北斗"卫星定位系统；从飞天的"神舟"，到探索海底的"蛟龙"；从思想深邃的理论著作和脍炙人口的文学作品，到运用越来越广泛的人工智能——所有这些伟大的创造物，本身就是一枚枚表彰劳动者荣光的勋章。劳动者的光荣，也体现在人类在劳动实践中自身素质的提高上。人类在改造自然的劳动实践中，不断认识自然世界的客观规律，把握了驾驭自然规律的各种技术技能。无论是大国工匠，还是专家、院士；无论是种田能手，还是妙手回春的名医，他们的声誉都是通过不懈的劳动创造而成就的。正如习近平总书记指出的："劳动没有高低贵贱之分，任何一份职业都很光荣。"① 希望你们大力弘扬劳动精神，高歌劳动光荣、知识崇高、人才宝贵、创造伟大的时代风尚，从小热爱劳动、投身劳动，长大之后爱岗敬业、报效祖国，为改革开放和社会主义现代化建设贡献智慧和力量。

劳动最崇高。劳动者的崇高，一方面体现在劳动者创造的成就上，宏伟的三峡大坝、壮观的港珠澳跨海大桥、风驰电掣般奔驰的"复兴号"高铁、威武的"东风"系列导弹——所有这些成就，其壮美的雄姿映照的都是劳动者的崇高；另一方面更体现在劳动者的精神境界上，如在抗击新冠肺炎疫情中不顾个人安危的逆行者：医护人员的医者仁心、社区工作者的任劳任怨、公安干警的无私无畏、志愿者的默默奉献——所有这些都映照了劳动者崇高的思想境界。人们的职业有不同，但只要他能够通过辛勤劳动为社会、为他人做有益的事情，只要他有先人后己、克己奉公的思想境界，他就是一个崇高的人；而那些投机取巧、不劳而获却自以为高明的人，反而是身陷"低级趣味"而不能自拔的人。希望每一位青少年朋友都能够成为热爱劳动、诚实劳动、自立自强、奋发有为的劳动者。

① 2016 年 4 月 26 日，习近平在知识分子、劳动模范、青年代表座谈会上的讲话。

劳动最伟大。劳动者的伟大，首先基于他们的劳动创造的伟力。人通过劳动把自然对象转化成为人类生活必需的产品，实现了自然的"人化"、创造了社会财富和文明价值。劳动者的伟大，也来自他们在改造自然的活动中不断觉醒、不断提升的主体性力量。劳动者在劳动活动中体现了创造的力量，也提升着自己的自觉自主意识，正是这种自由自主的内在力量，彰显了人类的伟大与价值。黑格尔关于主奴辩证法的论述，已经证明了劳动者的价值，也说明了不劳而获者在社会中的"多余"。社会主义社会的意义，就在于坚持不劳动者不得食，建立劳动者的"联合体"。正如习近平总书记指出的："在我们社会主义国家，一切劳动，无论是体力劳动还是脑力劳动，都值得尊重和鼓励；一切创造，无论是个人创造还是集体创造，也都值得尊重和鼓励。全社会都要贯彻尊重劳动、尊重知识、尊重人才、尊重创造的重大方针，全社会都要以辛勤劳动为荣、以好逸恶劳为耻，任何时候任何人都不能看不起普通劳动者，都不能贪图不劳而获的生活。"①青少年朋友们，中华民族的伟大梦想正呼唤着你们的劳动创造！

劳动最美丽。劳动者的美丽，首先在于他们内心世界的美丽。劳动者创造美丽的世界，描绘着绚丽多彩的人间生活。但是，劳动者的内心世界更加美丽。塞罕坝的防护林美丽，那是因为有一代代育林工人的美丽品格支撑了这壮美的景色。有些工作岗位是非常脏、非常累、非常辛苦的，越是艰苦的工作越是需要美丽心灵的支撑。譬如，淘粪工时传祥，他用自己的辛苦，为他人换来了卫生洁净的生活环境。他身上时常有挥之不去的臭味，但他的内心世界是最香甜的。再如，抗击新冠肺炎疫情中的年轻医生、护士，身穿"全副武装"的防护服，再爱美也不能露出那美丽的容颜，但是他们救死扶伤的工作身影却在我们眼中显得那么的美丽，让每个人都为之感动。那是因为透过防护服，人们看到了他们美丽的心灵。劳动

---

① 2015年4月28日，习近平在庆祝"五一"国际劳动节暨表彰全国劳动模范和先进工作者大会上的讲话。

者永远是美丽的，因为他们都有一颗美丽的心，他们美丽的内心世界就映照在美丽中国的建设之中。美丽中国，需要美丽少年！

总之，希望青少年朋友们大力弘扬劳动者的奋斗精神，充分认识劳动创造的意义，让劳动最光荣、劳动最崇高、劳动最伟大、劳动最美丽铭刻在你们的心灵之中，未来用你们的创造性劳动描绘中华民族伟大复兴更加美丽的画卷。

三、弘扬劳动精神，立志成为德智体美劳全面发展的高素质有用人才

劳动教育具有独特的育人价值，是实践育人、培育和践行社会主义核心价值观的有效途径。通过劳动教育，特别是劳动观念、劳动精神的培养，可以让我们每个人树立正确的劳动观念，崇尚劳动、尊重劳动、热爱劳动，增强对劳动人民的感情，立志报效祖国、奉献社会，自觉成长为勤于劳动、甘于奉献、善于创造的劳动者。

首先，青少年朋友要充分认识劳动教育在教育体系之中具有基础性和全局性地位。劳动创造了人类。人类历经千百万年的劳动，才创造了人本身，实现了人类文明的跃升。人类最初的教育恰恰是劳动教育，在漫长的岁月里劳动创造了人，现在劳动依然塑造着每一个现代人的素养。劳动教育仍然支撑着每个人的成长，特别是少年儿童阶段的成长，离不开劳动环节的淬炼。如果青少年缺少劳动教育，也就缺失对人而言具有本质意义的实践能力，缺失了在人格和非智力因素上的必要淬炼，难以塑造孩子良好的意志品质和责任意识。劳动教育也支撑着智育。体力劳动和脑力劳动可以分工，但不能分割。人类的任何创造性活动既需要观念性创新，也需要体力劳动的支撑。即使最前沿的科学研究，也需要体力和动手能力制造试验装备并通过操作仪器实现技术性介入，才能推动研究有所进展。现在教育的问题并不在于智力培养不够，而是与体力劳动相脱节所造成的学生片面发展。美育与劳动的关系也非常密切。在劳动创造中，人们才能真正发

现美、创造美、欣赏美，塑造优美的精神世界。体育与劳动的关系更加直接。在创造性的劳动中，人们不仅得到体力的磨砺，更能真正体悟到身体健康的重要性。经验证明，社会上的成功者往往都有劳动锻炼的经历。

其次，青少年朋友要充分认识劳动的意义，培养与劳动人民的深厚感情。 要知道人民创造历史、劳动开创未来的道理。从小就要热爱劳动、热爱创造，通过学会劳动和创造播种未来的希望、收获成功的果实，也通过劳动和创造磨炼意志、提高自己的素养。要弘扬劳动精神，养成崇尚劳动、尊重劳动的习惯，"懂得劳动最光荣、劳动最崇高、劳动最伟大、劳动最美丽的道理，长大后能够辛勤劳动、诚实劳动、创造性劳动"[①]。

最后，青少年朋友要通过各种方式和途径，牢固树立热爱劳动的思想、自觉养成热爱劳动的习惯，立志成为祖国需要的勤于劳动、善于劳动的高素质劳动者。 素质是立身之基，技能是立业之本。从小就要在家庭中、在学校里、在与社会互动时，注意观察、学习，勤于动手、实践，不断提高自己的劳动素养，自觉地把爱国心、强国志、报国行融入到中国特色社会主义事业中去，立志为实现中华民族伟大复兴中国梦而学习。当然，你们还是学生，要勤于学习，学文化、学科学、学技能、学各方面知识，不断提高综合素质。与此同时，要注意实际动手能力的培养，既向书本学习，更要向实践学习。青少年是未来建成社会主义现代化强国的主力军，希望你们能够勤奋实践、善于学习，以劳动模范为榜样，长大之后爱岗敬业、勤奋工作，锐意进取、勇于创造，不断谱写新时代的劳动者之歌。

社会是教育的大课堂。人是社会关系总和，劳动关系是最基本的社会关系之一。我国坚持社会主义公平正义的核心价值，不断促进社会主义和谐劳动关系，持续营造全社会尊重劳动、尊重知识、尊重人才的良好氛

① 2018 年 9 月 10 日，习近平在全国教育大会上的讲话。

围，强化维护和发展劳动者的利益、保障劳动者权利的制度安排，形成了人人热爱劳动，以辛勤劳动为荣、以好逸恶劳为耻的社会风气，这就为我们构建了劳动教育的良好社会环境。

为了大力宣传和贯彻落实习近平总书记对劳动教育的一系列指示精神，我们编写了《劳动赞歌》丛书。书中以新中国成立以来各行各业涌现出的辛勤劳动、诚实劳动、创造性劳动的典型人物和先进事迹为内容，弘扬劳动光荣、创造伟大的主旋律，帮助青少年朋友理解和形成马克思主义劳动观，牢固树立劳动最光荣、劳动最崇高、劳动最伟大、劳动最美丽的观念，形成正确的世界观、人生观、价值观，自觉成长为德智体美劳全面发展的社会主义建设者和接班人。

青少年朋友们！祝愿你们高唱劳动赞歌，用你们的创造性劳动铺就未来辉煌的人生之路！

目录|MULU

■■■ **第一篇章　劳动美丽　发掘艺术之美** ━━━━━

　　创作着，青春着 / 003

　　平凡世界里的路遥人生 / 009

　　笔墨丹青绘宏图 / 015

　　国粹生香梨园美 / 021

　　心中永驻芳华 / 027

　　唱响时代的旋律 / 033

　　舞出生命的奇迹 / 039

　　茗注莫妙于砂 / 045

　　指尖上的"非遗" / 051

　　故宫·文物·匠心 / 057

■■■ **第二篇章　劳动美丽　创造生活之美** ━━━━━

　　川流不息的美丽与传奇 / 065

　　医者仁心，大医精诚 / 071

　　千年窑火话陶瓷 / 077

人与一片绿叶的邂逅 / 083

绽放的美丽 / 089

滴滴香醇，独领风骚 / 095

最是人间烟火气 / 101

砉去浆飞白练柔 / 107

第三篇章　劳动美丽　践行奋斗之美

新中国的建筑与建设者 / 115

咱们工人有力量 / 121

国产大飞机腾空 / 127

为复兴的梦想加速 / 133

一道"长虹"越天堑 / 139

相知港珠澳　同心圆梦桥 / 145

最美的微笑 / 151

为了大山里的孩子们 / 157

啊，看那一片茫茫绿洲 / 163

生命的守护 / 169

敦煌的女儿 / 175

小喇叭开始广播啦 / 181

第一篇章

劳动美丽

发掘艺术之美

这笔墨山水间
一幅美丽的画卷
我们载歌又载舞
歌颂着美丽的诗篇
不管南拳或北腿
还是生旦净末丑
这高山流水传世曲
弘扬祖国的魅力
中华上下五千年
经历过风雪变迁
琴棋书画蕴含着
那智慧的渊源
中华上下五千年
汇聚了无数先贤
江河湖海哺育了
我们幸福的今天

——《艺术中国》歌词节选

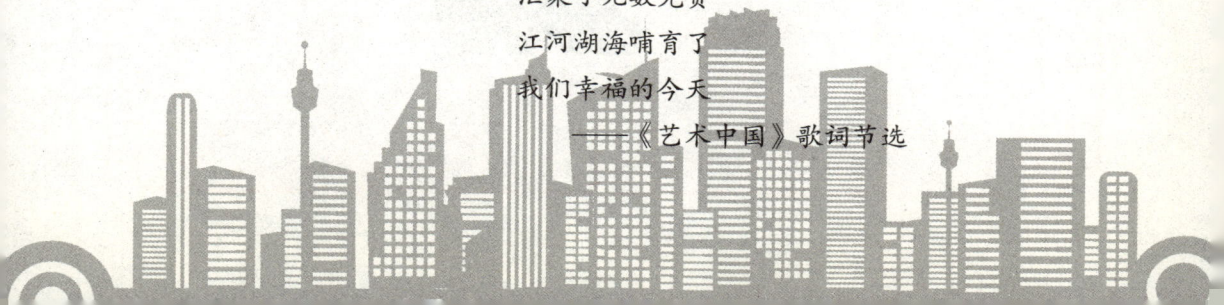

创作着，青春着

新中国成立 70 周年前夕，习近平总书记在北京人民大会堂向王蒙颁授"人民艺术家"国家荣誉称号奖章。王蒙由此成为新中国成立以来唯一一位获此殊荣的作家。

王蒙的人生，是创作的人生。他 1934 年出生在北京，中学时 14 岁就加入了中国共产党。19 岁写出长篇小说《青春万岁》，22 岁发表短篇小说《组织部来了个年轻人》，引发巨大反响。他在新疆生活 16 年，说一口流利的维吾尔语。他担任过中华人民共和国文化部原部长，在任时推动文化工作改革，卸任后开始研究孔孟老庄思想、红学文化，并继续从事文学创作，直至今天笔耕不辍。

不是每个人都有这样跌宕沉浮的人生，不是每个跌宕起伏的人生都能酿一壶老酒。王蒙，他笑着，吟着，唱着，创造着，青春着，用青春的金线，编织所有的日子，把生命酿出浓厚滋味。

青春创作正当时

所有的日子，所有的日子都来吧，
让我编织你们，用青春的金线，
和幸福的璎珞，编织你们。
有那小船上的歌笑，月下校园的欢舞，
细雨蒙蒙里踏青，初雪的早晨行军，
还有热烈的争论，跃动的、温暖的心……
是转眼过去了的日子，也是充满遐想的日子，

......

　　这是王蒙为小说《青春万岁》写的序诗，今天读来，仍能让壮心不已的老者回忆自己热情如火的青春，让稚气未脱的少年期待将至的成熟，让风华正茂的青年无比鼓舞和振奋，仿佛置身书中，与其中的人物共享澎湃的青春。《青春万岁》既是当时青年人的真实写照，也是王蒙本人青春的折射。

　　作为成名作，从《青春万岁》这部作品可以看得出王蒙的某些独特品质。它折射出一个 19 岁青年的热情、理想和活力，也显示出远超其年龄的视野、胸怀和责任。青春和责任相互滋养，贯穿着王蒙的人生。

　　《青春万岁》动笔于 1953 年，王蒙时年 19 岁，在北京市东城区委任新民主主义青年团（中国共产主义青年团前身）区委副书记。20 世纪 50 年代初，中国的青年学生们经历着从旧中国到新中国的翻天覆地的变化。新旧时代的更迭，让王蒙认定，这样的历史巨变背景下的青春是空前亮丽的，他应该用文学的手段把这些珍贵的日子"用青春的金线和幸福的璎珞"编织起来，镌刻下来。于是，他将自己的青春热情投向了文学。《青春万岁》描写了新中国成立初期，北京女七中一群高三女学生的学习和生活。在王蒙笔下，女中学生性格鲜明，令人印象深刻：李春求学认真但又傲慢自私，呼玛丽身世悲惨，杨蔷云脾气火暴、敢说敢做，郑波满怀热情、甘于奉献……但她们又有着共同的特质，周身洋溢着青春的活力，像冲出笼子的小鸟，自由快乐，校园中的各个角落都洋溢着她们的欢声笑语。在当时的时代背景下，面对复杂的社会变迁，不同身份的她们自觉地承担起了社会和国家的责任。

　　从来没有过长篇小说创作经验的王蒙第一次提起笔来的时候，曾经这样说服自己："我有文笔，更要紧的是我有独一无二的少年革命生活，我有对于少年或青年人的精神世界少有的敏感与向往，我充满经验、记忆，尤其是爱与赞美的激情。在我这个年龄的人当中，没有人会像我看得这样高这样相对成熟。在站得高有经验相对成熟的人当中，没有我这样的年轻人、同龄人。"在新中国成立初期,文学作品多以革命题材和农村题材为主,描写的也大多是工人、战士和农民,所以鲜有以青年学生为主要人物,刻画青春的文学作品。王蒙的创作给当时的文坛注入了一股全新的力量。关于这部小说题材的选取,王蒙说:"我一定可以写一部独一无二的书,写从旧社会进入了新社会,从少年时代进入了青年时代,从以政治活动、社会活动为主开始了大规模的经济建设,写从黑暗到光明,从束缚到自由,从卑微到尊严,从童真到青春,写眼睛怎样睁开,写一个偌大的世界怎样打开了门户展现在中国青年的面前,写从欢呼到行动,歌唱新中国,歌唱金色的日子,歌唱永远的万岁青春。"

《青春万岁》的出版不仅在当时的中国文坛引起了巨大轰动,还对一代又一代的读者产生了深远的影响。1982年,在《语文报》组织的10万名中学生投票评选"我最爱读的10本书"活动中,《青春万岁》名列第二。一位中年读者在来信中写道:"《青春万岁》唤醒了我珍藏在心灵深处的记忆……你的书在我心中引起的回忆,不是彷徨和悔恨,而是奋发和自豪。我相信,这朵经过风雨的吹打而倍加鲜艳的花儿,会使我们这一代人壮志满怀、青春焕发,也会帮助我们的孩子们懂得怎样度过他们青春的年华。"

和人民在一起

1965年4月,王蒙来到伊宁县巴彦岱镇,这一待就是16年。这16年,他跟边疆少数民族老乡打成一片,把自己的心交给他们,也赢得了他们的信任和祝福。这段生活成了他困厄中的亮色,成为他淬炼人生、丰富心灵的宝贵资源。回想起来,王蒙说:"回想和谈论我们在伊犁的生活,唤起并互相补充那些记忆,寄托我们对伊犁的乡亲、友人的思念之情,快要成为我和家人谈话的一个'永恒主题'了。"2015年,王蒙反映特殊年代新疆百姓生活的长篇小说《这边风景》,荣获第九届茅盾文学奖。这是王蒙16年新疆生活经历的凝结,内容包罗万象,展示了西域生活的全景,被称为

新疆的"清明上河图"。

王蒙与当地农民阿卜都拉合曼老爹一家"同吃同住同劳动"6年，他们把王蒙当成了一家人。每当王蒙对未来感到迷惘时，阿卜都拉合曼老爹都会安慰他："不要发愁！任何一个国家，都需要诗人，没有诗人的国家，还能算一个国家吗？您早晚要回到您的'诗人'岗位上。"后来，在小说《虚掩的土屋小院》里，王蒙写道："在我成人以后，甚至与我的生身父母，也没有这种整整6年共同生活的机会……我一想到阿卜都拉合曼老爹和赫里其罕老妈妈，就有一种说不出的依恋、踏实和清朗之感。我觉得他们给了我太多的东西，使我终生受用不尽。"

王蒙真心热爱、尊重、融入当地生活，参与老乡们的大事小情，听老乡们唠叨家长里短，老乡们把他当成兄弟和亲人。这些朝夕相处、终生难忘的日子，永久地沉淀在王蒙的心灵深处。回忆起这种交往，王蒙的经验是"立即投入，无须磨合，如鱼得水，乐在其中。青春、善意、决心、理念，是万能的钥匙，它们打得开每一个生活和人的大门"。离开新疆后，王蒙总是魂牵梦绕着这片土地。在《淡灰色的眼珠——在伊犁》《你好，新疆》等作品中，王蒙动情地讲述那段难忘的时光，那亲如一家的感情和用生命结成的友谊。

真诚生活，与人民打成一片，从北京到新疆，从新疆再到北京，所有这些生命的滋养都化成了文字，成为精神的结晶，为读者们所共享。

屡败屡胜，创作不息

如今的王蒙已经是87岁高龄，回顾自己的人生，他这样说："有一种人百战百胜，我绝对做不到。还有一种，屡战屡败，我也不想。我是什么呢？屡败屡胜，从败的过程引出一个胜的结果来……任何失败都给你提供一个机遇，起码能多看书。这一段没有那么多事找你了，你可以多接近群众，尤其对于写作的人来说，所谓曲折，它提供给你的资源，比一帆风顺给你提供的资源还宝贵。"

王蒙在作家生涯中，始终秉持着这样思辨的心态。无论是下放新疆，还是身居高位，创作从未停歇。他把每一次人生的变化，不管是细微还是骤变，都看成一次机遇，在创作的路上将它们转化，直到今天。晚年时，王蒙似乎更迸发出创作的热情和火花：2016 年到 2019 年，《仉仉》《我愿乘风登上蓝色的月亮》《生死恋》《邮事》《地中海幻想曲》《美丽的帽子》等作品陆续出版；2020 年 4 月，作家出版社推出他的长篇小说《笑的风》。他说："我深深体会到，人这劲儿得提着，气可鼓而不可泄，否则身体会慢慢往负面发展。该读的书还得读，该干的事就要干，该说的话还要说，该写的文章还要写，要有这么一个精神还挺好。"

从处女作《青春万岁》，到今天著作等身的文学大家，王蒙将自己的价值观念和人生经历融入到了自己的作品中。通过他的文字、他的笔触，我们看到了一个对生活永远保有热情的老人。不，何谈其老。年龄改变的只是他的容貌，他的内心和头脑，始终是当初意气风发的少年中共党员、共青团书记、青年作家，用挥洒不完的热情，书写着他对生活的热爱，"明年我将衰老，今年我仍兴致勃勃……我仍然不能忘情于文学，忘情于奋斗，忘情于大地，忘情于人民。我写革命的豪迈、成长的代价、沧桑的热泪、生活的芬芳、人心的不渝。"

> 所有的日子都去吧，都去吧，
> 在生活中我快乐地向前，
> 多沉重的担子我不会发软，
> 多严峻的战斗我不会丢脸；
> ……

未来的日子，王蒙将一如既往地投身于他热爱的文学创作中，他这样鞭策自己：你要写写写，不写出来，岂不是白活了？……那就发力吧，再发力吧，用你的魂灵肉体生命，耄耋加饕餮之力，给我写下去！

平凡世界里的路遥人生

从 2009 年到 2019 年底，10 年来，《平凡的世界》销量超过 1800 万册，成为中国当代文学史上广受赞誉与读者喜爱的文学作品。面世 30 多年来，《平凡的世界》小说及其各种改编作品，不知鼓舞了多少普通青年，让他们在大大小小的人生困境中获得精神力量，向着梦想勇敢前进，追求生命的闪光。

艺术境界源自作者的人生境界。和小说中的孙少安、孙少平一样，作者路遥是改革开放时期涌现出来的最美奋斗者——他不在困苦中沉沦，不满足于庸庸碌碌，不满足在小有成就后养尊处优。他用短短 42 年的生命践行着他的人生信条："只有拼命工作，只有永不休止地奋斗，只有创造新的成果，才能补偿人生的无数缺憾，才能使青春之花即便凋谢也是壮丽的凋谢。"

人，不仅要战胜失败，而且还要超越成功

在写《平凡的世界》之前，中篇小说《人生》已经为路遥赢得了文坛盛名。

1982 年，《人生》发表在文学杂志《收获》上，谁承想引发了一场社会讨论。小说主人公高加林通过关系，从农村来到城市，又被揭发遣返回农村，期间经历了"移情别恋"的挣扎，成为社会转型期青年命运遭遇与人生选择的典型。"人生的意义是什么""理想与现实的差距"被广泛讨论。

小说发表后，路遥形容他的生活"完全乱了套"。读者来信从全国四面八方邮寄而来，内容五花八门。除了谈论阅读小说后的感想和种种文学

问题外，读者们还跟路遥讨论人应该怎样生活。许多剧团、电视台、电影制片厂要改编作品，电报电话接连不断，常常半夜三更把路遥从被窝里惊醒。一年后，电影《人生》上映，作品影响持续发酵。

跟所有人一样，路遥并不拒绝鲜花和红地毯。至少在一段时间里，他为自己长期辛苦的劳动换来的"某种回报而感到人生的温馨"。但他没有被成功冲昏头脑，没有沉溺在鲜花和荣誉中。他意识到，只有沉重的劳动，才能让自己充实起来。

1982 年，路遥开始构思一部规模更大的作品，故事跨度从 1975 年写到 1985 年，至少有 100 个人物出场的现实主义长篇小说。真正的现实主义绝不简单，它不是流水账式记录见闻，不是凭空虚构一个传奇故事，而是要作者沉浸于社会生活，吃透种种资料，认清这个变动不居的时代，捕捉到人们的生活和精神状态。为此，路遥像春蚕般贪婪地寻找和消化一切生活和知识的"桑叶"。

更具激情地将自己浸泡在劳动的汗水之中

生活可以故事化，但历史不能编造。这 10 年，中国发生了什么？

路遥找来这 10 年间的《人民日报》《光明日报》以及一种省报、一种地区报和《参考消息》的全部合订本，逐月逐日地查看当天国内外发生的重大事件和社会反响。一页一页翻看，把可能有用的材料记下来。因为工作量太大，他的手指头被磨破了，只好用手的后掌继续翻阅。

光有资料还不够，写作更要沉入生活的深海，获得更加直观、更加生动立体的直接感受。路遥提着一个装满书籍资料的大箱子到处奔波，乡村城镇、工矿企业、学校机关、集贸市场；上至省委书记，下至普通老百姓，只要能触及的，就竭力去触及。有些生活是过去熟悉的，但为了更确切体察，就再一次深入进去。

不光要有普遍认识，还要尽量捕捉一切可以捕捉到的生活细节。路遥对那些常识性的、技术性的东西也不敢有丝毫马虎，一枝一叶都要考察清楚。比如，详细记录作品所涉及的特定地域环境中的农作物和野生植物，从播种出土到结子收获的全过程；当一种植物开花的时候，另外的植物处于什么状态；这种作物播种的时候，另一种植物已经长成什么样子；还有全境内家养和野生的飞禽走兽、民风民情民俗、婚丧嫁娶等等。一深入生活，路遥就贪婪地吸收着一切信息。他清楚地意识到，他占有的生活越充分，表现生活就越自信，自由度也就会越大。"作为一幕大剧的导演，不仅要在舞台上调度众多的演员，而且要看清全局中每一个末端小节，甚至背景上的一棵草一朵小花也应力求完美准确地统一在整体之中。"

在如饥似渴地吸收一切信息之后，路遥来到陈家山煤矿开始创作。

创作是艰苦的。一个开头就让他踌躇几天，无法下笔，他经历了自我怀疑、否定自己之后逐渐平静下来，用平静却暗含情感的开头奠定了《平凡的世界》的基调。找到感觉后，他在墙上贴上了进度表，每完成一章就划掉一个数字，证明自己又往前迈了一步。在万里长征的路上，这样一个小小的刺激，就像茫茫大海上一盏闪光的航灯，让路遥带着憧憬持续投入。

生活也是如此艰辛。当时的深山矿场，没有蔬菜、鸡蛋等副食供应。路遥早晨不吃饭，中午只有馒头米汤咸菜，晚上有时吃点面条，根本无法补充十几个小时高强度脑力劳动的消耗。河对面的矿区也许有小卖部，但连半个小时的时间路遥也不敢耽搁。为了强化自己的意志力，每天的写作任务都规定得很严格，完不成就不上床休息。

有一天，房间里来了"不速之客"。两只老鼠在地上乱跑，嬉闹追逐，甚至敢窜到写字台对面的沙发上目不转睛地盯着路遥工作。有人帮着路遥消灭了一只，另一只依然常常过来做客。后来，路遥索性跟老鼠和好，甚至每天款待它一个馒头。这只老鼠，成了路遥在这个孤独世界里唯一的伙伴。

被抛在了一个无人知晓的黑暗角落

经过春蚕吐丝般的辛苦创作，《平凡的世界》第一部终于完成。路遥对她似乎像自己孕育的婴儿般珍视，但这个婴儿起初的命运却颇为不顺。

路遥可是写出了轰动一时的《人生》啊，为什么发表和出版竟然遭遇困难？正如路遥后来总结的那样，最大的阻力来自于当时的文学形势：20世纪80年代中期，正值西方现代派在中国内地蔚为风潮，各种流派"各领风骚三五天"。而传统的现实主义被视为过时和陈旧的文学"遗老"，一般的刊物和出版社都对新潮作品趋之若鹜，对像《平凡的世界》这类作品则并不感兴趣。

对于用生命写作的路遥来说，这种巨大的压力是相当严酷的。路遥感觉自己被抛在了一个无人知晓的黑暗的角落里，自己也已经变成了一件入土的文物。他陷入了苦闷之中……

经过一番努力，《平凡的世界》还是发表了，并且得到了一些文学评论家的认可和好评。于是，路遥总结经验，又将全部身心投入到第二部的创作中去。这期间，他的体力和精神都运转到极限，路遥回忆道："似乎像一个贪婪而没有人性的老板在压榨他的雇工，力图挤出他身上的最后一滴血汗。"

用充实的劳动完成自己的生命过程

事实证明，一部作品过不过时，最终还是要由读者评判。

1988年3月，广播剧《平凡的世界》开始在中央人民广播电台播出。之后，听众们纷纷来信动情地谈论他们的感受。广播剧的热播，带动了小说的销量，数次加印仍供不应求。

一年后，14集同名电视剧在中央电视台播出，使《平凡的世界》影响力持续扩大。那时，作家王安忆正拿着路遥给的一摞"路条"行走在陕北，几乎每到一处，都能听到人们在谈论《平凡的世界》。"每天吃完晚饭，播完新闻，这部连续剧的片头主题歌响起时，无论是县委书记、大学教师，还是工人、农民，全都放下手里的事情，坐在电视机前。假如其时我们正在与某人说话，这人便会说：'等一等，我要去看《平凡的世界》。'"

1989 年，路遥的《平凡的世界》第三部正式出版发行，距第一部发表整整跨越 3 个年头。至此，这部凝结着路遥 6 年辛勤汗水的 100 余万字的长篇小说终于全部出齐，从此，它深深地镌入中国当代文学史和中国人的精神生活。《平凡的世界》以孙少安和孙少平两兄弟为中心，刻画了 20 世纪 70 年代中期到 80 年代中期中国社会众多普通人的形象，深刻地展示了普通人在大时代历史进程中所走过的艰难曲折的道路，颂扬了拼搏奋进、敢为人先的时代精神，全景式地展现中国当时城乡的社会生活。路遥在创作这部作品时不为当时的文学潮流所动，尽管作品起初在发表和出版过程中遭受了冷遇与曲折，但是 30 年来读者阅读热情丝毫不减的事实，证明了现实主义文学经典的隽永魅力。

他扎根生活，生活报之以博大和丰满；他为人民写作，在与人民的真诚对话中淬炼了文学的生命力；他投入时代的洪流，为时代精神传神写照，树立了一座时代的精神丰碑。

2015 年，新改编的电视剧《平凡的世界》播出，再次引发了新一轮的观剧热潮。"豆瓣读书"上，《平凡的世界》评分高达 9.2 分。2019 年 9 月，路遥被授予"最美奋斗者"荣誉称号。他和他的《平凡的世界》激励了一代又一代青年人向上向善、自强不息，积极投身改革开放的时代洪流之中，在献身集体事业的同时也充分实现个人价值，成为无愧于时代、无愧于民族的文艺创造。

最终，读者和时间把《平凡的世界》送上经典的殿堂。

笔墨丹青绘宏图

　　国画是中华文化的重要组成部分，以毛笔、水墨、宣纸等材料进行创作，在古代称为"水墨丹青"。中国国画通过建构独特的透视理论，打破了时空的限制，展现出高度的概括力和想象力，在世界美术领域中自成体系。

　　新中国成立之后，傅抱石、李可染、关山月等一批中国山水画家，用蘸满激情的笔墨歌颂祖国的壮美河山，抒发对祖国的热爱和赞美之情。他们深受毛泽东诗词意境的感染，开启了一种极具时代特色的山水画品类，诗情画意，水乳交融，产生了强烈震撼的艺术魅力。其中傅抱石和关山月联合创作的《江山如此多娇》，作为新中国重大题材的美术创作，同时又是中国美术史上最大的纸本山水画，成为这一品类的集大成者。

　　沿着北京人民大会堂的北门拾级而上，迎宾大厅开阔的高墙上悬挂着巨幅国画《江山如此多娇》。整幅画面同时出现了春夏秋冬不同季节，东西南北、高山平原不同地貌，长城内外、大河上下的不同地域的瑰丽奇观。国画大师傅抱石描述说，近景是高山苍松，采用青绿山水重彩画法，长城大河和平原则用淡绿，然后慢慢虚过去。远处则云海茫茫，雪山蜿蜒。右上角的太阳，红霞耀目，光辉一片，冲破了灰暗的天空，使人感到"红装素裹，分外妖娆"。画作气势磅礴、壮丽雄阔，具有强烈的民族风格和时代感，令每一位参观者油然而生一种强烈的自豪感和爱国之情。那么，这幅巨制的创作过程如何，其中又有怎样的故事呢？

数易其稿绘江山

　　1959 年，为迎接新中国成立 10 周年，首都北京建设完成"十大建筑"

第一篇章　劳动美丽　发掘艺术之美

向祖国献礼，其中最宏伟的就是人民大会堂。在新落成的人民大会堂内部，步入迎宾大厅有一面高高的墙壁，将成为党和国家领导人接待外宾并与他们合影留念的背景。如此显要的位置，应该布设最具代表性、最有中国气派、最能彰显国家情怀的艺术品，国画自然成为了最为契合的不二选择。但是，在确定这幅国画的创作主题上却颇费了一番思量，后来周恩来总理和陈毅、郭沫若等人结合当时备受大家喜爱的毛泽东诗词，认为《沁园春·雪》最为脍炙人口，词中"江山如此多娇"6个字又最能展示祖国壮丽河山的豪迈与气势，所以最终决定就以"江山如此多娇"为题进行国画创作。画家人选几经斟酌，这项重任最终交由国画艺术造诣极深、享誉画坛的傅抱石和关山月两位大师联袂创作。

傅抱石、关山月两位国画大师接到任务时，既备感光荣又深知责任重大。合作伊始，两位大师首先面临的问题就是如何把握题材和立意，以及作为不同画派的画家，如何能够在保持各自风格的前提下求得画面的和谐统一。几经沟通与磨合，两位大师配合默契，虽然分属金陵画派和岭南画派，但是在创作的过程中他们始终能够相辅相成，发挥对方所长。傅抱石负责画山石流水瀑布，关山月则完成前景的松树和远景的长城雪山，从而使得傅抱石豪迈雄浑的皴法风格和关山月柔美细腻的笔法相得益彰、浑然一体，呈现出最佳的艺术效果。

创作之初，傅抱石和关山月对题材和立意进行了反复推敲。因为画面开阔、意境深邃，二人日夜思考反复勾画草图，不断调整设计，但都不甚满意，一时陷入困惑。陈毅、郭沫若等人前来出谋划策。陈毅表示绘画和作诗一样，首先要立意。"江山如此多娇"，"娇"就是题眼，所以要在这上面做文章。"既要概括祖国山河的东西南北，又要体现四季变化的春夏秋冬；不仅要表现'长城内外'与'大河上下'，而且要描绘出'山舞银蛇，原驰蜡象'；要有江南，又有塞北；要有长城，又有雪山。只有在这'多'的气势中才能体现出'娇'来。"郭沫若说，毛泽东主席这首词作于解放前，所以词中是"须晴日"，但现在都已经解放10年了，画面上一定要有朗朗高照的太阳。综合大家的意见，傅抱石和关山月又多次进行了构思调整和设计修改，草图方案最终敲定下来。

从傅抱石和关山月接到任务开始着手设计，到数易其稿最终通过，这中间经历了长达两个月的煎熬。两个月来，两位大师一直以追求完美的态度，孜孜不倦的努力，力求呈现作品的高远立意，充分展示出生机勃勃的大国气象。这一年，傅抱石55岁，关山月48岁。两位大师不辞辛苦，不舍昼夜，将全部心血倾注于这幅宏图巨制的创作之中。

一笔画尽春夏秋冬、万里江山

方案确定之后，傅抱石和关山月开始着手绘画。所用的宣纸是清代乾隆年间存留下来的厚古宣，由专门的工作人员将其一张张粘好，铺陈开来组成一张纵约6米开外、横约10米有余的前所未有的大画纸。配套的画笔是由荣宝斋特制的1米多长的大笔和排笔，最大的甚至像拖把那般大小，调色用具都是拿大号的脸盆来充当的……运用特制的绘画工具进行这一前所未有的巨画创作，对两位大师来说，挑战性极高。

特别的绘画工具需要特别的绘画体姿，傅抱石和关山月有时需要猫腰站着画，有时需要蹲着画，有时只能坐在大纸中间画，有时甚至需要伏着身子趴着画，而且绘画的时候还要注意不能损伤已完成的地方。但不管哪种姿势，两人往往一上手就会沉浸在自己的艺术世界里……为了力争在国庆节前完成创作任务，面对如此鸿篇巨制，傅抱石和关山月两位大师整天一笔一笔地画、一寸一寸地填。每告一段落，两位大师都会因为长时间保持一种姿势导致腰酸背痛，但他们乐此不疲。

特别值得一提的是，在这幅巨画基本完成、挂到人民大会堂的现场请周恩来总理审定时，周总理表示基本满意，认为画得气势不凡。但同时提出画幅还是略显小了些，最好再加高加宽些。另外，画中的太阳和建筑物

第一篇章 劳动美丽 发掘艺术之美

相比不大相称，是不是可以再放大些，否则这幅画悬挂起来的时候，就不能显示出太阳的壮美，其背后的象征意义也就不能突显出来了。

结合周恩来总理的建议，傅抱石对画作进行了修改：直接就地剪出一个圆形在画面上进行比对，几次下来觉得直径 1 米的太阳轮廓比较合适。大家又开始挑灯夜战，将原画中的太阳加大 1 倍，并用上好的朱砂涂画，画幅也从原来的宽 7 米、高 5.5 米扩展到宽 9 米、高 6.5 米。他们一丝不苟，不眠不休，最终赶制调整完成。在画作完成后，还专门邀请了中央工艺美术学院的张正宇教授将毛泽东主席亲笔题词"江山如此多娇"6 个字放大描摹在画面上。经过傅抱石、关山月两位大师通力合作，众多工作人员的全力协助，这幅意义重大的宏图巨制《江山如此多娇》终于创作完成，赶在国庆盛典之前悬挂到了人民大会堂。

著名画家高云评价道："这幅作品，一笔画尽春夏秋冬、万里江山，是对传统中国画语言的一次创新。在此之前，从未有画家做过如此创新之举。"伟大的创举，是傅抱石和关山月两位国画大师以及各方人士心血与汗水的付出。正是这种团结一心、无私忘我的精诚合作精神，为这幅巨作增添了别样的光辉。

笔墨当随时代

当年，由谁来承担《江山如此多娇》这幅巨作的绘画重任，是几经挑选、众望所归的决定。当时，大家首先选定的人选之一就是傅抱石，这又有着什么样的缘由呢？

傅抱石是最早探索毛泽东诗意、词意并进行山水画创作的画家。他深入研究诗词意蕴，将其融入自己的绘画风格中，反复构思，如切如磋，如琢如磨，不断创新、不断突破自我。傅抱石深入生活采风，写生真山真水，在绘制《江山如此多娇》之前，他曾去毛泽东的家乡韶山进行写生，借助其独具特色的表现手法，将毛泽东激荡人心的诗词呈现在画面上。傅抱石几乎将当时公开发表的毛泽东诗词全部进行了诗意的阐释和艺术的加工，成为"毛泽东诗意、词意图"的开创者，也成为了《江山如此多娇》创作任务的不二人选。

　　20世纪50年代，一大批中国画家在绘画创作上一直紧随时代潮流，秉持"笔墨当随时代"的画理，傅抱石就是其中取得突出成就的中国山水画代表性人物。在题材上，他们实现了中国山水画在表现内容上的拓展和创新，创作了大量具有时代特征的山水画。1953年，傅抱石以红军长征过雪山的壮举，精心创作了《毛泽东〈更喜岷山千里雪〉诗意图》，整幅画面渗透出冰雪世界侵人的寒气，并突出了红军不畏艰险的主题，展示出高超的绘画技艺。1958年，傅抱石在接到苏联"社会主义国家造型艺术展览"的创作任务时，历时3个月精心绘制完成了《毛泽东〈蝶恋花·答李淑一〉词意图》，"以浩大壮观的胸襟，激情挥洒的笔墨气韵，使天上人间情融意汇，为革命烈士和人民革命奏起了一曲赞歌"。傅抱石创作的《毛泽东〈忆秦娥·娄山关〉词意图》，"图中的近景以墨调和赭石设色，居画面中央的山、石，凸显山势险峻；队形略呈倒'之'字行走的红军，由下而上行军，基调沉暗厚实。图中的远景以朱砂涂抹，从而刻画了'苍山如海，残阳如血'的意境"。傅抱石一生中创作的近200幅以毛泽东诗词为题材的山水画，成为中国美术史上一颗颗璀璨的明珠。

　　挺拔的青松，雄浑的山峰，蜿蜒的长城，奔腾的河流……通过壮美宏伟的画境，国画大师用激情澎湃的画笔将对祖国山河深深的眷恋以及革命和建设的豪情壮志展现出来，真切地表达了文艺工作者对于艺术服务于人民的理解。他们不断在探索中变革，在变革中创新，开拓新的题材，创造新的表现形式，推动了中国画的改造。他们通过艺术作品，展示国家生机盎然、蓬勃向上的面貌，体现百折不挠、坚韧不拔的民族精神，激发广大人民群众的爱国热情和民族自豪感。笔墨只有真正表现出时代气息与风貌，才能使观者百看不厌，回味无穷，成为代表一个时代的传世佳作。

国粹生香梨园美

　　2010 年 11 月 16 日，京剧被联合国教科文组织列入《人类非物质文化遗产代表作名录》。中国戏曲成就辉煌，加上此前列入的昆曲、粤剧，"非遗名录"已有 3 种戏曲剧种列入。作为国粹的京剧，是在徽调、汉戏的基础上，吸收昆曲、秦腔等一些戏曲剧种的优点和特长逐渐演变而成的，集宫廷雍容华贵之气韵、南北风韵之精华、中国传统美学之大成于一体，以其最中国、最古典、最精粹的艺术与情味，堪称中国戏曲中的"国粹"，成为古老东方的一颗璀璨明珠。

　　中国戏曲艺术的典型特征是以歌舞演故事。有声必歌、有动必舞，将京剧舞台表演的华美与京剧演员的表演潜能推向了极致——唱、念、做、打和手、眼、身、法、步组成的"四功五法"，将特定情境中人物丰富真实的情感表现出来；借助水袖、翎子、髯口、马鞭等服装与道具，创造出生动鲜活的戏剧场面和人物形象，带给观众极致的视听体验。"台上一分钟，台下十年功。"京剧满载着荣耀与掌声的背后，是一代代京剧人不妥协的功夫打磨和不断传承中的创新，才使得今日的我们仍然能够感受到这些艺术作品所传递的美。

京剧鼻祖程长庚

　　中国戏曲、古希腊悲喜剧、印度梵剧并称为"世界三大古典戏剧"。希腊悲喜剧现在仅存舞台遗址，印度梵剧也早已失传，唯有中国戏曲流传至今。中国戏曲最早可以追溯到秦汉时期，京剧是在其一脉相承的发展和演变中形成的。

1790 年，三庆班进京为清乾隆皇帝的 80 寿辰进行贺寿表演。此后，扬州徽班进京的势头猛涨——徽班进京被公认为是京剧发展的最初源头。徽班进京后，经过"徽汉合流"，且不断吸收昆曲、梆子等戏曲剧种的精华，持续地融合、演进、发展，最终得以形成一个新剧种。当京剧作为一个独立的剧种演出时，第一代演员大多是由徽班中的徽戏和汉调演员过渡而来的。其中三庆班的程长庚，本身徽籍，又出身徽班，演出中带有明显的安徽口音，因而被称为"徽派老生""徽班领袖"，对京剧及后世的影响颇大。

《异伶传》中记载，程长庚第一次登台亮相并未成功，而且还吃了倒彩。但他发奋努力，"三年不声"，最终凭借《文昭关》一剧一鸣惊人，从此名震京城。程长庚嗓音条件出众，他在此基础上，兼收并蓄、博采众长，吸收借鉴昆曲、京腔、汉调的演唱技法，达到声情交融、余音绕梁的效果。《燕都名伶传》评价其"唱乱弹，则能穿云裂石，复于高亢之中，别具沉雄之致，故从学者众，独无人能肖"。程长庚为京剧的发展创造了新的唱腔和表演程式，并且与文人合作，大量移植改编了其他戏种的剧目。正是程长庚身上这种孜孜不倦的创新精神，为尚在"襁褓"中的京剧，找到了一条繁荣发展之路。

程长庚不仅是一名出色的京剧表演艺术家，还是一位慧眼识才、悉心育才，培养出了众多名伶的教育者。像后来京剧老生"新三鼎甲"中的谭鑫培、汪桂芬、孙菊仙以及杨月楼等人都曾受业于程门。晚年的程长庚创办了四箴堂科班，遍请名师培养了大批京剧人才，为日后京剧艺术走向鼎盛奠定了坚实的基础。

程长庚身处清末时期，社会黑暗，从艺艰难。但他凭借"咬定青山不放松"的进取精神、博采众长的创新精神、严于律己的敬业精神和通力合作的团结精神，立足于有着丰厚积淀的传统戏曲之上，推动了徽戏向京剧的嬗变，成为当之无愧的京剧创始人，为后人所缅怀和纪念。

四海一人谭鑫培

程长庚之前及同期的戏曲舞台，是一个诸腔杂陈、百花争春的时代，京剧尚未定型。而在程长庚之后，出现了一位集众家之所长、成一人之绝艺，上至达官显贵、下至贩夫走卒都交口称赞的伶界大王。在他的影响下，京剧成为国粹艺术，造就了百年辉煌。他就是梁启超先生口中的"四海一人谭鑫培，声名廿纪轰如雷"。

谭鑫培可谓是大器晚成的艺术大师代表，其青少年时期的从艺经历一路坎坷，中年之后才逐渐得到社会的认可，终于名声大噪。谭鑫培的天赋并不十分出众，后来之所以能取得如此大的成就，完全是他凭借超乎常人的付出和努力取得的。谭鑫培29岁时进入三庆班，拜入程长庚门下，但凡是程长庚的戏，他都会仔细揣摩、反复研究，加上时常为其配戏，因此谭鑫培对于程长庚的神气眼法、唱腔姿态皆是了然于胸。当时的戏曲舞台扮演老生的名角如林，各有所长，争奇斗胜。谭鑫培对他们的念白、唱腔、身段、扮相一一留意，孜孜不倦地从中汲取养分，从而集众人之长于一身。

谭鑫培的嗓音，论高亢峭拔绝非出类拔萃，所以他要想在唱腔上取胜，必须避开单纯追求音高嗓大的传统唱法，在腔调的曲折婉转、回环幽扬上进行突破。正是基于对自身嗓音条件的正确认识，谭鑫培对众多前辈和同辈的唱腔加以吸收融汇，不断革新实践，最终突破老生直腔直调的局面，自立一派——形成风格新颖、去古渐远、悠扬婉转、灵活多变，以声情并茂取胜的谭派唱腔。不止如此，谭培鑫始终不渝地刻苦钻研，浑然忘我地勤学苦练，立足传统，革故鼎新，创造出了众多深刻揭示人物内心的花腔与巧腔，将老生的唱腔向前推进了一大步。可以说，正是自谭鑫培始，京剧老生声腔艺术从"气势派"转向"韵味派"，为日后乃至今天的京剧音韵奠定了主要的基准和法则。

谭鑫培的弟子虽然不多，但受其艺术影响的京剧演员却比比皆是，北京一度形成"有匾皆书垿，无腔不学谭"的局面。时至今日，京剧舞台上的老生艺术也并未超越谭鑫培开拓的范畴。伴随着150多年来京剧的发展和对世界的影响，"伶界大王"谭鑫培之名，至今不仅没有湮灭于历史之中，反而熠熠生辉，回响不绝。

一枝独秀梅兰芳

在谭鑫培时代之后，京剧的行当和流派已经趋于成熟，此时京剧界最为有名的代表性人物是旦行中的梅兰芳、武生行中的杨小楼、老生行中的余叔岩，在当时被尊称为京剧界的"三大贤"，其中梅兰芳所创立的梅派艺术被视为中国京剧发展史上的里程碑。

梅兰芳虽然出身梨园世家，但少时并不被家人和师长看好，被认为"言不出众，貌不惊人"，但他却以超出常人的勤奋与毅力广学苦练，最终成为一位深深影响中国京剧艺术的大师。在梅兰芳回忆录中提到：搭喜连成班的时候，他每天还没等开锣就到，一直看到散戏才走。中间除了自己上台表演，其余时间都在下场门的场面上、胡琴座的后面全程观摩表演，看得最多的戏里有谭鑫培、杨小楼、王瑶卿等人，无一不是当时京剧领域的顶尖名角。日复一日的观摩、实践和开悟，为梅兰芳的艺术蜕变积淀了持久爆发的力量。慢慢地，梅兰芳在台上表演时都能做到一招一式了然于心、一哭一笑信手拈来，在不断地自我超越中展露出令人惊艳的美。

1911年辛亥革命爆发，中国发生了三千年未有之巨变。正是在这一年，梅兰芳凭借《玉堂春》的首演轰动京城。演出成功是建立在对老戏《玉堂春》唱腔调整改变的基础上，使之更为清新、委婉、动听，融入了很多新意，深受观众的追捧。从这次新腔老戏演出成功开始，梅兰芳开启了艺术自觉，结合时代变化进行艺术创新，不断修改、完善，探索具有自身特色的表演。1913年的上海演出，不仅令梅兰芳红遍大江南北，海派戏剧观念更是极大地冲击着梅兰芳的思想，推动着他在表演艺术上不断地求索创新。此后，梅兰芳把一生的心血都倾注在对京剧舞台表演艺术的革新中。正是在他对传统批判继承、不断超越前人和超越自己的过程中，将京剧旦行艺术推至前所未有的巅峰——梅兰芳创立的梅派以其醇厚流丽的唱念、美轮美奂的做打、载歌载舞的表演方式，营造出一种雍容华贵、中正平和的气韵，将京剧旦行艺术提高到一个全新的境界。后人将梅兰芳与斯坦尼斯拉夫斯基和布莱希特，并称为世界三大戏剧表演体系的代表人物。

梅兰芳不仅是一位对京剧旦行表演艺术进行大胆创新的突破者，同时还是将京剧艺术推广至世界的先驱。梅兰芳曾在 1919 年、1924 年、1956 年 3 次到日本表演，1930 年登上美国的舞台，1935 年、1952 年到苏联访问演出，他精彩绝伦的表演都在当地引发了巨大的轰动。尤其是 1930 年到美国的演出，前期梅兰芳及其剧团进行了大量精心细致的筹备——将演出的服饰、道具、器乐全部绘画出来并配上中、英、德 3 种文字，请专业人士将京剧曲谱第一次转化为五线谱等，顶着当时美国经济危机的巨大压力，以过人的胆识和魄力赢得了赴美演出的巨大成功。梅兰芳通过自己的表演，吸引了世界了解中国戏曲的目光，加强了中西方文化艺术的交流，更增强了中国人民对于戏曲艺术的自豪感和文化自信。

京剧之所以历久弥新、长盛不衰，是一代代大师呕心沥血的传承与创新。时至今日，我们珍视这些京剧大师们流传下来的艺术遗产和精神遗产，更致力于在传承的基础上不断与时俱进，弘扬中华优秀传统文化，传承中华文脉，让作为民族艺术瑰宝的京剧在新时代迸发出新活力，绽放出新光彩。

心中永驻芳华

　　她，被周恩来总理誉为中国最美丽的女性，将一个个时代女性的风采定格在黑白胶片上。她，走过时光一路前行，将藏于内心深处无人可解的苦楚抛诸脑后，用作品讴歌祖国。她，用"不是为谋生，而是为理想"的执着与认真，被世人送上"人民艺术家"的圣坛……她就是秦怡，用自己近一个世纪的坚守，谱写了银幕上一曲不老的"青春之歌"。

黑白胶片里的美丽人生

　　1922 年，秦怡出生在上海一个大家庭。1938 年，由于日军轰炸上海，秦怡离家奔赴抗战前线，到码头那一刻，跳板已经撤掉，船正在离岸。16岁的她不管不顾，紧跑几步，纵身一跃。这一瞬间，像极了电影的定格镜头，具有丰富的象征意味，不仅把一个上海女孩的生活抛在身后，也开启了一段漫长而斑斓的艺术人生。

　　演员，作为一种职业，可以尝试不同的角色和不同的人生，更可以通过一个个鲜活的角色点燃人们向理想靠拢的信念之炬。《青春之歌》中共产党员林红、《马兰花开》中能顶半边天的拖拉机手马兰、《铁道游击队》中与敌人周旋的芳林嫂、《女篮五号》中敢爱敢恨的篮球手林洁、《林则徐》中抗击侵略者的女英杰阿宽嫂……这些人物形象刻画出中国女性的善良聪慧和坚贞果敢，为几代影迷津津乐道。这几部影片中，秦怡的戏份不论多少，她都能通过一个眼神、一个动作，深深抓住观众的心。对一个普通观众来说，看一场电影，可能容易记住主要人物和主要情节，或者一些特别引人注目的动作和充满睿智哲理的语言。而角色的表演，一个细小的眼

神、手势，可能会被观众不经意间疏漏掉。观众哪里知道，这些表演中的散金碎玉，对忠诚于艺术事业的秦怡来说，注进了多少心血，付出了如何巨大的劳动，又经历了多少成功的欢乐和不得门径的苦恼！看一看秦怡对待表演艺术的态度，就可以窥见一个演员的辛苦和创造性劳动的艰巨。

秦怡在拍《马兰花开》时，住在秦岭沙场9个月，学习如何开推土机。在影片《女篮五号》中扮演饱受苦难的篮球运动员林洁，尽管她的动作戏不多，但依然与女篮演员们同甘共苦，每天坚持锻炼。拍《倔强的女人》时，她来到化工厂做女工。在《农家乐》拍摄过程中，她根据角色需要，与村民一起劳作3个月……

秦怡在《青春之歌》中扮演的林红，是一个英勇无畏的女革命者的光辉形象。这个人物戏不多，演员要靠内在精神的巨大冲击来展示人物高尚的思想情操。秦怡凭借自己深厚的表演功底，演得恰到火候，十分感人。她所塑造的林红，让观众每看一遍影片时都会有新的发现，新的收获。这个角色让秦怡征服了观众，也赢得了荣誉。

很多人说秦怡是最美女性，并不完全是说她长得有多好看，而是她的内心像金子一样散发着光芒。在秦怡心中，拍电影不是"为谋生"，而是"为理想"。她坚信，"作为演员，终身追求的理想，应该是把自己从文艺中得到的一切感人的精神力量，再通过自己的表演给予别人"，努力使自己的作品"有一些精神可以得到弘扬，给人心灵启迪"。所以，秦怡赋予角色的除了外表的美丽，更多的是一种内在。贵而不骄、华而不艳的气质，使她成为银幕上一道独特的风景。

喜欢跑龙套

在中国电影史上，秦怡这一章是十分精彩的，但没有一点儿炫耀和张扬。为艺术"跑龙套"是秦怡在自传《跑龙套》中对自己演艺生涯的总结评价。她说："我将书取名为《跑龙套》，并不是想把跑龙套提到什么很高的地位，只是我在很长的艺术实践中感到，哪怕是跑龙套，只要投入了，也会感到身心愉快。"多年来，只要观众需要、工作需要、剧本合适，她经常甘当"绿叶"，为了影片艺术的整体成功"跑龙套"。

1956年，上海电影制片厂决定筹拍我国第一部彩色故事片，在众多备选剧本中，挑中了基础较好的《女篮五号》。剧本挑选确定后，厂领导指定才华出众的谢晋任导演，而谢晋挑选的第一位演员就是秦怡，他要34岁的秦怡饰演《女篮五号》中的母亲林洁。从戏的分量说，林洁在全片中不是女主角，可秦怡二话不说就答应出演。后来谢晋回忆当年的拍摄过程时，曾感动地说："拍《女篮五号》时，我还是名不见经传的小导演，秦怡早就是大明星了。但她很尊重我，更没有一点儿明星架子，和大家一起睡通铺。"

对待电影表演，秦怡永远充满激情。为了帮助年轻演员快速成长，她在多部电影中心甘情愿跑龙套。2009年盛夏，秦怡不顾高温、不计片酬，87岁出演《我坚强的小船》中奶奶的角色，2017年在陈凯歌导演的《妖猫传》里客串老宫女，2018年上映的抗日题材电影《那些女人》中，她扮演了老年水芹……

秦怡在为《跑龙套》一书作自序时写道："一生都在追求中，活得越老，追求越多。"已经进入耄耋之年的她，还想跑跑龙套，再演些角色，为中国电影事业添一点儿砖瓦。这就是秦怡，一个被称为"亚洲最美丽的女性""世纪最佳女演员"的优秀艺术家。在80余年的艺术生涯中，她塑造了众多栩栩如生、脍炙人口的艺术形象，拓宽了人们对中国电影的认知，照见了对真善美的渴望。她用一生的时光，诠释了中国女演员最美的修养，也诠释了中国女性最了不起的责任和担当！"一个人活在世上，有再多的钱也好，再怎么被说漂亮也好，得再多的奖也好，总有一天，你是要走的。你走了，一切就都消失了，多好的东西你都拿不走。人活在这个世界上，最最要紧的东西是什么？还是一个价值——自己给予这个世界什

么。别人不会在乎你得到了多少，而是看你付出了多少。"这就是秦怡朴素的价值观。

最美"90后"：我愿用一辈子讴歌党，讴歌祖国

秦怡不止一次地笑称自己是"90后"。虽然这个"90后"不同于现在俗称的"90后"，但她为我们展现了一个不同寻常的"90后"之美。

99岁的秦怡之美，不仅来自于她优雅的外表，更出自于她坚毅柔韧的性格和奋斗终生的信仰。在旁人眼中，秦怡总也闲不下来。2014年，已经92岁高龄的秦怡筹拍电影《青海湖畔》——讲述在建设青藏铁路的大背景下，发生在工程师和气象专家之间的故事。秦怡为写好剧本，四处奔波，了解生活，常常笔耕至深夜。她说："不管拍不拍得成，我先把它写出来，我想，感人的故事总是有人看的。"

2015年，秦怡以93岁高龄完成了编剧并主演了电影《青海湖畔》。她从写剧本到争取赞助，从邀请合作伙伴到出任主角并赴青海实地拍摄，都是亲力亲为。她说，作为一名演员，心里只想着要为中国电影多做一些、再多做一些。

《青海湖畔》的外景地设在海拔4000多米的青藏高原。自电影筹拍时起，秦怡就坚持亲自上高原拍戏，周遭的反对声不绝于耳，关心秦怡的人都劝她放弃。但秦怡直言，出演这样一部影片是她多年的梦想。"我对科学家们、高级技术人员、在这种地方工作的人特别佩服，他们特别不容易，要向他们学习。所以无论多么困难，一天走6个小时、一天走12个小时，我们也一定要意气风发，因为影片里面就是这样。"

在拍摄期间，秦怡奔波于驻地和片场，这对她的身体和精神都是极大的考验。她每天要经历6个小时的车程，并在海拔3650米的山地上进行拍摄。她透露，这个海拔高度基本等同于布达拉宫所处的海拔高度。"戏没有难度，但是拍电影有难度，因为是在山上。"但每当化妆完毕，站到镜

头前，秦怡便化身为神采奕奕的女工程师。这样的秦怡感染了身边的人，也常常让大家忘记她已经是 93 岁的老人。秦怡表示，自己的身体不错，能够爬得动山，也曾拒绝大家要用轮椅抬她的提议，甚至上了山都"不喘气"。她说："我上了山，导演跟我说秦老师你喘口气。我问他，喘口气干什么？他说，叫你喘口气是戏里头的，你爬了那么高的山是很累的。我说原来是这样，我自己没有喘气，就忘了戏里应该这样喘气。"

在漫长的艺术生涯里，秦怡见证了电影从无声黑白到充斥着让人炫目的特效。但她始终相信，只有扎实的角色和人性的光芒，才能真正打动观众。秦怡说，写《青海湖畔》这个故事的初心，就是希望她笔下刻画的人物所展现出的不畏艰难、无私奉献的精神，能够给人以心灵上的触动和启迪。

如今，已经 99 岁高龄的秦怡依然对电影保持着高度的热情。她说："无论是痛苦还是欢乐，我总要以满腔激情去拥抱事业，这是一支我永远唱不尽的歌。""人活着要有所追求，多做一些有益于大家和社会的事情。我愿意用一辈子讴歌党、讴歌祖国、讴歌人民、讴歌英雄。"

弹指 71 年，沧桑巨变。从新中国成立初期的一穷二白到决胜全面建成小康社会的今天，中国经济、文化、科技、民生等各个方面都发生了巨大的变革。秦怡作为一名杰出的影视艺术家，怀着对电影、对观众的满腔热忱，主动地走近人民、接近人民，感知他们的所思、所想、所求，用一个个能进入中国影视艺术殿堂的角色记录时代、歌颂时代，用漫长的艺术生涯沉淀出了"人民艺术家"的真谛。

唱响时代的旋律

时光如水，岁月如歌。回顾共和国所走过的不平凡历程，每一个日子都跳动着一个个希望的音符，每一个年轮都奏响着一段段难忘的乐章。歌声中记录着新中国蓬勃发展的岁月变迁，音符里流淌着中华儿女涵养深沉的家国情怀。新中国成立以来的一首首经典之作，仿佛一条深情涌动的历史长河，展示着中华民族站起来的豪迈，抒发着改革开放富起来的雀跃，表达着新时代人们对美好生活的向往，激荡出万千气象的时代画卷。

从今走向繁荣富强

诗言志，歌咏言。解码一段旋律，就开启了一段记忆；透过一首歌曲，就重温了一段历史。中国共产党领导全国人民经过长期的浴血奋斗开创出惊天伟业，成立了中华人民共和国。响彻新中国初期的歌曲就像是号角、是战鼓，唱响了人们对新中国的美好期许，唱响了保卫新中国、建设新中国的不屈斗志和强大热情。

1951 年 9 月 15 日的《人民日报》上刊登了一首歌曲——"五星红旗迎风飘扬，胜利歌声多么响亮；歌唱我们亲爱的祖国，从今走向繁荣富强……"时至今日，这首歌曲仍然广为流传。世界上只要有华人的地方，就有这首歌的传唱，承载着中华儿女对祖国繁荣昌盛的深深祝福。这首歌就是由著名音乐家王莘作词作曲的《歌唱祖国》，为何它能历经 70 年传唱不衰，并且成为几乎所有重大庆典和外事活动的奏唱曲目呢？它是怎样诞生的呢？

说到这首歌的创作历程，还要追溯到 1949 年 10 月 1 日新中国成立的

那一刻。毛泽东主席在北京天安门城楼上庄严宣布：中华人民共和国中央人民政府今天成立了！当时在现场的王莘听到这句话热泪盈眶，激动之情无以言表，内心涌动着强烈的爱国情怀。回到家中，他决心一定要写一首歌颂祖国的歌，并且开始构思如何将心中的感受用音乐表达出来。

最初的王莘文思泉涌，多产高产，几乎是每隔一两天，最多 3 天就写出一首歌，总共创作了 100 多首歌。其中有 6 首发表在《天津日报》《天津歌声》等报刊上，但却没有引起太大的反响，更没有出现人人传唱的情形。王莘很是纳闷：以前在条件艰苦的晋察冀边区时，写的歌大家都能传唱，现在条件好了，怎么反而传唱的人少了？王莘经过一番反思，认为是自己的作品还不够深入人心。于是，他又沉下心来，埋头创作。王莘这样的状态持续了将近 1 年，还是没有写出来令自己和大家都满意的歌曲。直到 1950 年的一天，32 岁的王莘到北京出差，经过天安门时看到晚霞照耀下的五星红旗，灵感迸发，他苦苦求索了很久的歌词和曲调很自然地就萦绕在脑海："五星红旗迎风飘扬，胜利歌声多么响亮。"然后他又引申了两句："歌唱我们亲爱的祖国，从今走向繁荣富强。"在回程的火车上，看到窗外的景物不停变换，思绪起伏的他又写下了"越过高山越过平原，跨过奔腾的黄河长江"……通俗简洁的歌词和豪迈的旋律，令这首歌很快不胫而走，流传开来。后来，有人将这首歌推荐给周恩来总理，周总理听后大为赞赏。1951年 9 月 12 日，周总理签发中央人民政府令：在全国广泛传唱《歌唱祖国》。此后，这首歌的传唱度越来越高，被誉为"第二国歌"。晚年的王莘曾说过："我虽然写了很多作品，但我认为我一生只写了两首歌曲，一首是用音符谱写的《歌唱祖国》，另一首是我至今仍然在用心灵谱写着的'歌唱祖国'。"

《歌唱祖国》饱含着人民对未来的憧憬，承载着先辈们对祖国繁荣昌盛的期望，用雄壮豪迈的曲调，朗朗上口的歌词，为充满朝气的新中国放歌，激励着一代代中国人满怀豪情地奋勇向前——祝愿我们亲爱的祖国，从今走向繁荣富强。

万里山河尽朝晖

当历史的车轮进入 1976 年 10 月，"四人帮"被粉碎的喜讯让举国上下一片欢腾，亿万中华儿女敲锣打鼓、欢呼雀跃，手捧美酒、纵情高歌，此时历经风雨终见彩虹的人民憧憬着光明的前景和美好的未来。时隔不久，一首旋律优美、节奏欢快的歌曲应运而生——"美酒飘香啊歌声飞，朋友啊请你干一杯，请你干一杯。胜利的十月永难忘，杯中洒满幸福泪……"

这首《祝酒歌》的歌词由韩伟创作。"它生动、感人、丰富而又概括，既有对过去的回顾，又有对胜利的庆贺，更有对未来的充分信心。我觉得这正是我想要表达的情感，也是广大人民群众共同的情感。"拿到歌词的施光南被深深打动，心灵世界产生了强烈的情感共鸣，"我的直觉告诉我，这首歌曲不能只谱成一首欢乐的歌曲，而应在庆祝的基调中带有时代印记的深沉感以及向未来进军的昂奋情绪。"他认为，这首歌传递出来的不应该仅有单纯轻快的欢庆，这种欢庆背后饱含着泪水，既带有浓厚的时代印记，又鼓舞人们向着光明的未来斗志昂扬、奋勇前进。为了使歌曲能呈现出来这样的效果，施光南大胆构想、天才创造，采用先抑后扬的主题音调、顶真格的主题展示手法，融入我国北方时令喜庆的锣鼓节奏，加上"来来来"这一衬词的点睛使用，实现了多种元素的完美融合。在创作的结构形式上，施光南更是不拘泥于传统两段体分节歌式的曲体，大胆采用三段展开性的段落结构，层层推进，一气呵成，一个栩栩如生的复二部开放曲式就此生成，可谓是曲尽其妙。

《祝酒歌》歌词情感真挚、朴实灵动，施光南谱曲时就选用热情奔放、节奏欢快、富于舞蹈律动的新疆音调为基本素材，歌曲的节奏令人感受到响彻四方的锣鼓，激情澎湃，荡气回肠。结构层层推进，以一种势不可当的气势达到全曲的最高潮，将人们欢庆胜利的激动之情展现得淋漓尽致，同时又言有尽而意无穷，令人久久难忘。

　　《祝酒歌》的曲作者施光南始终坚持立足人民生活进行创作，不忘初心、笔耕不辍，在其30余年的创作生涯中完成了千余首歌曲、5部声乐套曲、5部电影音乐、2部歌剧、2部戏曲唱腔设计、1部舞剧、2首小提琴协奏曲……《在希望的田野上》《打起手鼓唱起歌》《月光下的凤尾竹》等一系列脍炙人口的音乐作品都在施光南的笔下谱写出来。这些作品立足中华优秀传统文化，通过汲取民族音乐的精华，借鉴西方的作曲技法，融汇成别具特色的音乐语言，讴歌日新月异的祖国，谱写改革开放的时代赞歌，成为一个时代的坐标，因此施光南也被誉为"时代的歌手"。

　　改革开放初期，中国音乐作品呈现出千树万树梨花开的景象，充分展示出人们对美好祖国的热爱和对壮丽河山的赞美，以流畅的旋律、欢快的节奏唱出那个时代的人们投身"四个现代化"建设的豪情。如《年轻的朋友来相会》就将保尔·柯察金的名言化用到了歌词中，相互激励、催人奋进，歌声中所蕴藏的力量掀起了人们投身社会主义建设的浪潮。

乘风破浪再出发

　　一代人有一代人的胸臆，一代人有一代人的旋律。中国特色社会主义进入新时代，我们依然需要借助歌曲这种最直接的方式向山河致敬、为奋斗高歌、为人民喝彩。从唱响"中国梦"时代主题的《我们都是追梦人》，到深情祝福祖国平安昌盛的《天耀中华》；从重温红军长征那段峥嵘岁月、激励我们走好新时代长征路的《不忘初心》，到建设美丽中国的《金不换银不换》；从实干质朴的《时代号子》，到助力脱贫攻坚的《小村微信群》……每一首歌背后都唱出了这个时代的风采，激发着中华儿女实现伟大复兴中国梦的行动力量。

　　文艺是时代前进的号角，最能代表一个时代的风貌，最能引领一个时代的风气。新时代的文艺创作者积极探索，努力突破，采用新的曲式风格、新的表达方式，将理念和价值观融入艺术语言，巧妙地展示出中国梦的精神内涵，用自己的真情实感唱到百姓的心坎里，使歌曲充满着强烈的感染力。《天耀中华》的词曲作者何沐阳说，他搞音乐创作这么多年，一直在思考一个问题，就是中国人内心最深处的东西是什么？他得出的答案是——信念。中国之所以能一步步坚定地走向繁荣，就是因为信念，于是他决定要写一首歌，就是《天耀中华》。

> 天耀中华　天耀中华
>
> 风雨压不垮　苦难中开花
>
> 我是多么地幸运
>
> 降生在你的怀里
>
> 我的血脉流淌着
>
> 你的神奇与美丽
>
> 真心祈祷　天耀中华
>
> 这是我对你最深沉的表达

何沐阳说，他前期创作的时候翻阅了大量的爱国歌曲，甚至还有一些外国的国歌，将所有搜集到的作品反复聆听，深入分析，希望能够打破传统，改变以往惯用的"大歌儿"的创作模式。他认为："从内心发出的声音，才能唤醒人民的民族热情。仅仅是'长江''黄河'，并不能代表56个民族的伟大，如何让56个民族都有共鸣，我认为落实到人的情感，朴素的情感反而会形成共鸣。唯有朴实，才能博大精深。"

时代，在歌声中奋进。广大音乐工作者创新求索的步伐始终与人民同频、与时代共振，他们用音乐吹响时代前进的号角，描绘新时代波澜壮阔的精神图谱。共和国的历史丰碑上镌刻着一个个用歌声为国家立心、为民族铸魂的音乐家的名字。新时代的音乐工作者正继往开来，砥砺前行，乘风破浪再出发，大踏步走在传唱今日之中国底气、中国精神和中国气派的道路上，汇聚起同心共筑中国梦的强大精神力量。

舞出生命的奇迹

在 2005 年中央电视台春节联欢晚会上，由聋哑人表演的一个舞蹈节目让全国人民领略到了美的别样韵味。那是一种源自心灵的震撼，她（他）们以无声的挥洒、曼妙的身姿，为有声世界带来了最为精彩的传神画卷。这就是《千手观音》，一个在一夜之间被十几亿人记在心底的经典乐舞。

《千手观音》为什么能够这般美丽？因为这是表演者用生命的感悟创造的完美，她（他）们用优美的身段和婀娜的体态表现无声世界的韵律与美感，实现了体态与灵魂、人为与人格的完美结合。可以说，《千手观音》的美源自于她（他）们那纯洁而饱满的精神力量，是她（他）们坚韧人格的化身。

热爱生命的"阳面"，也爱生命的"阴面"

邰丽华，这个名字对于许多人或许会感到陌生，但是要说舞蹈《千手观音》的领舞者，大家一定会印象深刻。担任领舞的邰丽华也是一位聋哑人，她凭借着在《千手观音》中的完美表演被评为"感动中国"2005 年度十大人物之一。评选组委会给予邰丽华的颁奖辞是："从不幸的谷底到艺术的巅峰，也许你的生命本身就是一次绝美的舞蹈，于无声处，展现生命的蓬勃，在手臂间，勾勒人性的高洁，一个朴素女子为我们呈现华丽的奇迹，心灵的震撼不需要语言，你在我们眼中是最美。"

邰丽华并不是先天残疾，而是因为 2 岁时发的一场高烧，她的世界从此安静了。一个美丽的女孩，就这样被命运剥夺了感受声音的权利。她自己虽然伤心，却没有放弃对生活的信心。

7岁时，邰丽华进入聋哑学校。学校有一门特殊的课程叫律动课，老师踏响木地板上的象脚鼓，把震动传达给学生。"嘭、嘭、嘭"，有节奏的震动通过双脚传遍小丽华的全身。邰丽华说，一刹那，她震颤了——一种从来没有过的幸福体验撞击着她的心。她趴在地板上，用整个身体去感受这最美妙的声音！从此，她爱上了舞蹈，爱得痴狂，舞蹈成了她看得见的彩色音乐，也成为她表达内心世界的美丽语言。

邰丽华15岁进入中国残疾人艺术团，开始了正规舞蹈训练。后来，邰丽华成为由著名舞蹈家杨丽萍创编的经典作品《雀之灵》的独舞演员，这对于她来说简直就是在飞跃一个天堑。但她凭借着对舞蹈的执着和那满腔热情迸发出来的力量，不停地旋转、踢腿……终于，功夫不负有心人。起初她只能原地转几个圈，半个月后，她已能够转到300圈了。最后，她凭借着自己刻苦的练习和坚定的信念，完美地演绎了经典作品《雀之灵》。杨丽萍在观看邰丽华的演出后，万分惊讶："我创编了《雀之灵》这么多年，如果没有音乐，我都不知道自己还能不能跳出那种味道来，而你竟然跳得这么好，真不简单！"

舞蹈，让邰丽华凤凰涅槃，浴火重生！

热爱生命的"阳面"，也爱生命的"阴面"。在邰丽华看来，残疾只是缺陷，并不意味着不幸。因为有了舞蹈，虽处于一个无声的世界，生活依旧是充满欢乐的。她用这样一段文字，质朴地概括了自己的人生哲学："其实所有人的人生都是一样的，有圆有缺有满有空，这是你不能选择的。但你可以选择看人生的角度，多看看人生的圆满，然后带着一颗快乐感恩的心去面对人生的不圆满——这就是我所领悟的生活真谛。"正是这种"豁达"，奏响了邰丽华人生的华彩乐章。

"1/21"与"20/21"

2004年雅典残奥会闭幕式上，中国残疾人艺术团在世界舞台上展现

《千手观音》。为适应广场演出需要，舞蹈演员增至21人。欣赏舞蹈《千手观音》，关键是要看"手"。增加到21双手的《千手观音》，使"手"的形象比原有的壁画艺术形象更加繁复、更加丰富多彩，而且手的动作出其不意、变化无穷，这要求演员们能够一条直线，向前看齐。演员们用兰花指做基础手型，并戴长指甲。舞蹈第一个动作即邰丽华双手合十，随后中指并拢，其他手指依次离开，并做小五花、腕花等动作。邰丽华坦言："我只是1/21个'观音'，我始终知道自己身后还有20个人。"

因为是"千手观音"，主要是在手上做大文章，整个表演过程，手一直处于变动状态。依次出手、左右半边轮换出手、前后不规则出手……21个人身体紧贴，手与手之间距离还不到1寸，但演员要在1个节拍，相当于1秒钟内完成每个动作，同时还要保证整齐、统一、漂亮、出其不意地展示"千手"的神韵。为了达到整齐划一的效果，演员必须细致到一点一滴。在排练时对每一个动作、每一个手势，甚至每一个表情，都认真研磨确保准确无误。比如，表演时的队形是一纵队时，后一个演员的脚趾必须顶住前一个演员的脚后跟，鼻尖顶住前一个演员的后脑勺。这句话说起来简单，其实做起来非常有难度，一般人连几分钟都坚持不下来。但是在排练厅里，演员们时常一站就是几个小时地一动不动，只有这样严格的训练才能保证21位"观音"在5.6米高的莲花台上站稳。

为了表现好心中的"千手观音"，演员们无数次地练习舞蹈中的每个动作，因为感受不到音乐节拍，他们只好通过呼吸的调整保持动作的一致和流畅，真正做到了"同呼吸共命运"，21人在音乐和舞美中融为一体，浑然天成。

虽然《千手观音》的看点主要是手，而手的背后是演员之间的相互信任、相互激励、默契配合。《千手观音》使中国亿万观众由此记住了这个创造出至纯至美的团队。邰丽华和后面的20个舞者不仅是合作者，同时还是彼此精神上的支持和依靠。舞蹈的惊艳效果，最终诠释的就是团队协作精

神。21 个人，全都身在无声的世界，听不到旋律，听不到"咚咚咚"的节奏，稍有不慎便会破坏整个舞蹈的美感以及协调性。但是他们从老师简单的 1、2、3、4 的节拍中，凭着相互的配合和共同的目标，努力描绘着音乐的境界，在无声寂静的世界里根据自己心中的旋律翩翩起舞。"万人操弓，共射一招，招无不中。"从雅典残疾人奥运会闭幕式，再到中央电视台春节联欢晚会演出现场，就在这浩大世界与这一方小小舞台的周转轮回之间，21 个人始终是以同步的呼吸、化一的精神，以生命之灵在舞蹈。

改变命运：除了意志力，没有什么秘诀

对于一个健全人来说，练习一个舞蹈可能一两个月就能熟悉，而《千手观音》的演员们从基本功、软开度、动作、编排，再到复习、成品，需要付出十几倍的时间与汗水。在《千手观音》舞蹈组有这么两句口号："坚持到底就是胜利！""分秒必争，秒秒精彩！"

《千手观音》的参演人员有 21 人之多，出乎我们想象的是，他们并不全是女生组合，而是一个男女混合团队。"千手观音"的动作刚柔相济、柔中带刚，刚的动作对 9 个小伙子来说相对容易些，可做柔的动作就让小伙子们犯难了。这些小伙子们为了练好"兰花指"，付出了难以想象的努力与汗水，不光要压腿、压腰、练形体，还得每天压自己的手指，锻炼手指的柔韧性。最后，他们的兰花指动作甚至比一些女孩子的动作还要柔美。

为了保持《千手观音》舞蹈的整体协调性，21 名演员的手臂粗细也要相差无几。所以，几个胳膊粗的演员需要迅速减掉手臂上的肉。于是，他们在训练的时候就用多层保鲜膜把手臂紧紧包裹起来，这样可以加强手臂的收缩力，让手臂出汗，经过一段时间的艰苦训练，终于达到了减细手臂的目的。

"千手观音"中的第 21 位观音，个子最高，臂展最长，因为他是最后一个，他的动作相对比较难也是最辛苦的。他每天练得最多的就是站直，

两手合十上举。有一天，训练结束，教练看他练得不错，用手拍了拍他的肩膀表示鼓励。可让教练意外的是，碰到的根本不是胳膊，而是"石头"，他的胳膊已无比僵硬。

领舞邰丽华说："有时候耳朵和身体练厌了，练烦了，自己还是忍着，从厌烦慢慢转变成喜爱，又慢慢渗入到自己的血液中去。"

泰戈尔曾说："只有经历地狱般的磨炼，才能炼出创造天堂的力量；只有流过血的手指，才能弹出世间的绝唱。"在地狱般的磨炼中，最重要的就是意志，只有坚强的意志，才会有创造奇迹的力量。生命本身是不完美的，残疾人比之于健全者，似乎这种不完美表露得更加明显。但是，生命又是奇妙的，它能使某些人所具有的不幸和缺陷，在其他方面得以弥补和消除。在舞蹈的世界里，坚强的意志力使生命的潜质有了惊人的发挥，有些健全人看似都很难做到的动作，残疾人通过千百次的反复练习竟能娴熟而自如地施展。《千手观音》舞者们的表演，让人看不到她（他）们的软弱和无助，看到的是她（他）们的自信和坚强。她（他）们已经进入了一种境界——在无声里感悟音律，在坚韧中追求完美。她（他）们用舞蹈，舞出了生命的奇迹，让生命的特殊放射出耀眼的光芒！

茗注莫妙于砂

"茗注莫妙于砂，壶之精者又莫过于阳羡。"

紫砂壶，又称紫砂陶，最早阳羡紫砂壶宋元已有，有梅尧臣"紫泥新品泛春华""雪贮双砂罂"之句为证，其主要是以采自江苏宜兴的紫砂泥烧制而成。紫砂壶得天独厚，千姿百态，方非一式，圆无一相，是实用性和观赏性兼备的艺术品，完美地实现了日常家用和艺术把玩的结合。它扎根民间、崇礼尚文，将博大精深的中国传统文化融于其中。随着历史的发展和无数紫砂大师的参与推广，更是摆脱了粗陶匠气，逐渐登上大雅之堂，并走出国门，成为中国传统文化的一朵奇葩。

说到新中国成立后紫砂壶的制作，我们一定要提到的就是顾景舟。他出生于紫砂世家，18岁随祖母邵氏制壶。顾景舟在壶艺上的成就极高，技巧精湛，且取材甚广，可说是近代陶艺家中最有成就的一位，所享的声誉可媲美明代的时大彬，世称"一代宗师""壶艺泰斗"。

一切乐境，都可由劳动得来；一切苦境，都可由劳动解脱

了解顾景舟，可以从一把鹧鸪提梁壶开始。

鹧鸪提梁壶是1983年顾景舟在陪伴妻子赴沪治疗鼻咽癌时所创制的。当时的顾景舟已是虚岁69，到了人生的暮年之秋。妻子的病情严重，最后结果很难预料，对于一个感情世界丰富复杂的艺人来说，此时的心绪也是可想而知的。为了排遣内心的烦闷，他在寻医问药的间隙以做壶解愁。

鹧鸪提梁壶造型秀美端庄，其造型为扁圆形壶身，把手为见棱见方的三柱高提梁，从侧面望去犹如一只飞翔着的鸟儿的头部，鹧鸪提梁壶直线

第一篇章　劳动美丽　发掘艺术之美

045

与弧线交错运用，转折处明快流利。提梁及盖的造型设计突出，形成方中有方、方中带圆、圆中含方的构图。变化提梁的型式及空心盖钮，以虚衬实，营造了耐人寻味的效果，完美地体现出雕塑与空间关系的美学概念。

在鹧鸪提梁壶的底上，顾景舟留下了这样的刻款："癸亥春，为治老妻痼疾就医沪上，寄寓淮海中学，百无聊中抟作数壶，以纪命途坎坷也。景舟记，时年六十有九。"鹧鸪因其叫声听来像是"行不得也，哥哥"，总是凝结着悠长的无奈与忧伤，故古人多在忆悼哀思时选用鹧鸪作词牌。

顾景舟的鹧鸪提梁壶，化情思为托物，从鹧鸪凄苦悲凉的意象出发，在虚与实中表达难以言传的复杂情感。抽象的形式，勉力支撑的孤独架构，无奈的调性，完美的工艺，使得此壶有了悲而不伤的优雅气质，成为大师级的天问式作品。

在劳力上劳心，一把壶见证中国外交的历史时刻

提璧壶是顾景舟大师与中央工艺美院高庄教授合作，共同设计、创作的"国之瑰宝"，也是顾景舟一生中花费精力最多、耗费时间最长、制作工艺最精湛的经典代表作。吴山先生编著的《中国紫砂辞典》中如是描述："因壶作提梁，盖面似古代玉璧，故取名'提璧壶'。色泽紫中泛红。提璧壶主要由微曲线构成，每根线的起始与消失，每一边线的转折，每一结合的过渡，每一棱角的锐钝，都经刻意经营。壶盖严密合缝，壶钮大小得体，壶嘴舒出自然，提梁贯气有力，壶身雍容大度，壶底稳妥安适。整个造型简洁、圆润、端庄、明快，比例谐和，柔中带刚。集材质美、工艺美、内容美、形式美、功能美于一体，五美齐备，神气韵皆具，堪称壶中一绝。"

1955 年夏天，中央工艺美院高庄教授来到宜兴紫砂厂交流学习。在这里，他与顾景舟大师一见如故，一个是懂手艺的文化人，一个是懂文化的手艺人，两人结下了深厚的友谊。高庄用现代的美学思想，古为今用的玉

璧设计,在笔尖上塑造了提璧壶的雏形,而顾景舟则赋予了提璧壶灵动多姿的生命。

1956 年秋,顾景舟和高庄又谈论起紫砂提梁壶。顾景舟认为,提梁壶中造型与制工最好的,当属清初邵旭茂所制的旭茂提梁壶。高庄认为,旭茂提梁壶是传统紫砂壶中的珍品,但形制不及时大彬提梁壶(指的是明末清初所仿制的藏于南京博物院的天香阁壶)。这次谈壶论艺后,顾景舟按照自己的想法,设计绘制出兼容两壶优点的提梁壶图稿,高庄提出意见并修改图稿。顾景舟根据图稿比例,先用泥做出壶体实样,不断修正,直到 1956 年冬,才将这把紫砂提梁壶制成了。

1957 年 5 月,高庄又一次来宜兴,看到顾景舟制作的紫砂提梁壶,赞不绝口,又提出了一些建议。1957 年底至 1958 年初,顾景舟第一次对紫砂提梁壶做了修改,主要是从实用上考虑,体现在壶身、壶把、壶流上。修改后,壶身稍呈弧凹形,更突出肩线与腹线,双手捧壶抚摩有舒适感。流颈瘦长,流根稍粗,中间瘦,至流口端再粗。流口孔放大,使倾水有压力感,出水更爽。而壶流的这一改动,使壶的整体更协调一致,线与线、线与面、线与角之间更流畅爽劲。

20 世纪 60 年代后期,顾景舟第二次对紫砂提梁壶做了修改。此时,顾景舟的壶艺风格已逐步形成素朴灵秀之美。

1973 年,顾景舟第三次对提梁壶做修改,此次改动重点是升华壶艺的主题,提升紫砂壶如玉的精神。改动最大处为壶盖,用玉璧形象装饰:盖面双圈成玉璧,从上面俯视,壶盖整体为完整玉璧,壶盖沿口处用阳圈处理,留一狭窄的边沿,平盖下凹,平面上布满均匀的玉饰小圆点,中间留一璧饰圆孔代替壶钮。改动后的提梁壶称之为"玉璧提梁壶"。

1976 年年底至 1978 年,顾景舟第四次对提梁壶做修改。这次修改历经一年有余,从构思到设计,从设计到制作,顾景舟全身心地投入。这一次,顾景舟舍弃玉璧具象的表达,而将玉璧的内在精华以抽象的手法,把

玉的精神融于整个壶体。每条线，每个面，每个局部，每个细节，都与古玉的实质、温润、光洁、纯净有机结合起来，并使这些特点在整体造型上得到升华，达到紫砂光货素器裸胎艺术的最高境界和最佳表现形式。

至1978年夏秋之际，历经4次修改，跨越20余年，用全部心血、精力、智慧创造的紫砂珍品终于定型，并正式命名为"提璧壶"。

1979年，时任全国人大常委会副委员长的邓颖超访问日本前，选定以紫砂提璧茶具作为国礼，赠送给日本首相。这是新中国成立以来，全国人大代表团第一次访问日本，也是日本第一次接待女政治家率领的中国代表团。为此，顾景舟非常重视，特地将壶型略微缩小，使其益显灵巧。作为国礼的提璧壶，符合中国人天圆地方的传统原始审美观，整体轮廓端庄周正，结构严谨，比例和谐匀称，虚实节奏协调，线面简洁明快，寓巧丽于刚健之中，是紫砂造型上突破创新、别具一格、形象完美的典范之作。提璧壶被称为"国之瑰宝"，当之无愧。

匠人匠心，用一生做好一件事

每一个行业都有它的领军人物，顾景舟堪称我国紫砂艺术发展过程中承前启后的大师，在紫砂艺术史上值得大书特书。顾景舟不仅仅是一位紫砂匠人，还具有广博的艺术修养和丰厚的文化底蕴，他还精通书法、绘画等，并能将这些技艺完美地融合到紫砂艺术中，使其作品不仅形美、器美，因壶识象，还能达到因象悟道的意境。

他一生制作的紫砂壶数量不是很多，但是所创作的数十种壶型堪称件件精品。他有时好几年才做一批壶，而且个个要求质量上乘，在处理每一处细节，包括线形、转折以及过渡方面都有着近乎完美的追求，绝不在工艺上留有任何瑕疵与遗憾。不满意的都要毁掉，因此顾景舟制作的壶传世极少，留下来的作品几近天成，无一处不彰显与诠释着和谐的极致之美。这其间既有着顾景舟秉承天赋的灵韵，亦深藏着其一丝不苟的匠心。其作品整体造型古朴典雅，形器雄健严谨，线条流畅和谐，大雅而深意无穷，散发出浓郁的东方艺术特色。所制之器脱俗朴雅，仪态纷呈，堪称"集紫艺之大成，刷一代纤巧靡繁之风"，被海内外艺术界专家誉为"壶艺泰斗"。

顾景舟之所以成为一代紫砂宗师，靠的不是急功近利之心。他性情淡泊，不求荣利浮名。他从不自诩为"宗师"抑或"泰斗"，亦不会刻意炒作，自绘光环。他用其一生的不懈努力，低调地诠释了"业精于勤"，恢宏地成就了紫砂的"器可载道"，他用一生的匠心，用一把紫砂壶，装下了中华文化的奇想。

指尖上的"非遗"

　　中国剪纸是用剪刀或刻刀在纸上剪刻图案，用来装点生活，或者配合民俗活动的一种中国传统民间艺术。从新疆考古出土的魏晋南北朝时期的对马、对猴等团花剪纸实物算起，中国剪纸艺术已有1500余年的历史，并在今天焕发出新的活力。2006年，剪纸艺术成为第一批被列入"国家级非物质文化遗产名录"的中国传统手工艺项目。2009年，中国剪纸（Chinese paper-cutting）被列入联合国教科文组织"人类非物质文化遗产代表作名录"。这项指尖上的"非遗"，不仅是中华民族历史文化的见证，还成为世界艺术与人类文明的载体。

　　中国剪纸艺术以其独特的民族特征和写意风格令世界叹服，而这背后是一代又一代的中国剪纸匠人的智慧与汗水。他们用灵巧的双手、朴素的情感、不屈的精神和不懈的坚守，剪出了千家万户对美好生活的向往，刻出了无数普通劳动者对于美的追求，承载了一个民族内心深处的记忆与渴望。正如当代剪纸艺术家赵希岗先生所言："剪纸艺术是中国民族艺术家的抒情诗，是艺术家们浪漫情怀的表述方式。同时，它渗透了广大劳动人民对大自然、对生命、对人间理想的无比深沉的爱。"这一张张美丽的剪纸，浓缩了一位位剪纸匠人的百态人生，点燃了无数家庭的烟火气，也诉说着滚滚历史发展中不同时代的传奇故事……

红纸辗转，承载乡土民俗之情

　　中国剪纸艺术历史悠久。《史记·晋世家》中"剪桐封弟"的故事，记载了年幼的周成王用梧桐叶剪纸作为封地玉圭的趣闻。北朝民歌《木兰

辞》中的"当窗理云鬓，对镜贴花黄"，传神地写出了剪纸镂花在民间女子妆发服饰上的美学功能。诗圣杜甫在《彭衙行》中"暖汤濯我足，剪纸招我魂"的绝句，是"剪纸"一词最早见诸文字，反映出剪纸在民间祭祀与风俗中的重要地位。李商隐也在《人日即事》中写道"镂金作胜传荆俗，剪彩为人起晋风"，生动描绘出剪纸的美轮美奂。

中华大地上延续千年的农耕文明滋养了民间剪纸艺术，并使其与广大劳动者的服饰、民居、祭祀、器物等各种生活形态紧密相连。作为民间美术造型的典范，剪纸虽简括却多奇趣，于平易中见深奥，天然带有广泛的群众性。在某个村落中，以血缘为纽带的人们共同生活与劳动，日子久了，就会逐渐形成某种信仰、习惯、风俗，并世世代代延续下去。一方水土养一方人。不同地域的自然和人文环境，孕育了当地独特的艺术审美追求，而不同地域的剪纸亦映射出当地独特民俗文化的内涵。北方剪纸往往带着如同北方汉子的粗犷、雄壮、简练和淳朴气势，而南方剪纸则宛若未出阁的秀女模样，更为灵动、细腻、精巧和婉约。郭沫若曾感叹"曾见北国之窗花，其味天真而浑厚，今见南方之剪纸，玲珑剔透得未有"，从中可见中国北方与中国南方剪纸风格中鲜明的地域特性。

发源于齐鲁大地的山东剪纸深受儒家文化的影响，反过来又以物质载体的方式，通过创意、构图、造型等展现儒家文化中孝悌、仁爱、中和、忠义、诚信等文化内涵，如讲述母亲通过割断织布等行为教育孩子坚忍刻苦、诚实不欺的剪纸作品《三娘教子》等。在老一辈人记忆中的山东农村，秋收后转入农闲的日子通常是剪纸的忙季。当午后的阳光斜斜地从窗外洒落，妇人们盘着腿儿坐在炕上，她们弯弯的眼角含着笑，拿起剪布裁衣的大铁剪和几张彩纸，随手就能剪出一个憨态可掬的胖娃娃，贴在窗格上引得街坊邻居家的孩子们争相模仿逗趣。窗户上的图案更是会随着时节而不断变化——正月初一，贴窗花，门上贴"剪爷"，再剪个"五福临门"；二月二，龙抬头，剪对黄龙与青龙镇宅门；三月三，上巳节，坟灯周围剪花草几枝……十二生肖轮到哪个，妇女们就剪哪个生肖，或剪金猪，或剪骏马，或剪腾龙，或剪猴子满山蹦跶……这一刀一刻，记录着生活的点滴，生活也因这剪纸变得更加多姿多彩。

发源于江南水乡的浙江"乐清细纹刻纸"被称作"中国剪纸的南宗代表"。宋代以来，江南商品经济的繁荣，极大地推动了当地民俗活动与民间艺术的发展。特别是随着始于南宋的"龙船灯节"的出现，乐清剪纸不再局限于女红手工，而是成为男女皆为的民间手工艺。乐清剪纸最大的特点在于以"刻"代剪，刻法精妙入微，能在1寸见方的纸上连刻51刀，每刀相隔不到0.5毫米，细如发丝。这种雕刻技艺的难度极大，学艺者一般要有数十年的雕刻功夫才能创作出精美的作品。完成一幅碗口大的刻纸，需要动用油盘、刻刀、磨石、粉扑、剪刀、挡拦等10余种工具，刻制的技法在于"先上后下，先细后粗，先左后右，先里后外，手眼一致"，特别是每刻完一小块，就要用刀尖轻轻一挑，使刻掉的部分自然跳出，直到整幅作品完成。在每年农历春节最盛大的民俗活动"龙船灯节"上，龙船花剪纸都是重要的组成部分。它的精美程度是评判一艘龙船灯制作是否精良的重要标准。龙船花剪纸已经成为了浙江乐清的一张文化名片，激励着一代又一代的乐清剪纸人不断精进技法，推陈出新。伴随着"一带一路"的贸易畅通，今天的乐清细纹剪纸产品已远销20多个国家与地区，深受人们的喜爱。

金剪浮沉，镌刻历久弥新之美

她是享誉世界的中国民间剪纸艺术家，也是国家级非物质文化遗产传承人；她不识字，但却因一手剪纸绝技被联合国教科文组织授予"民间工艺美术大师"称号；她10岁开始随母亲学习剪纸，50多年来，凭借着超越常人的艺术天赋和刻苦勤奋，在剪纸、布堆画等艺术领域成就斐然，她的作品被亚洲、美洲、欧洲等国家和地区的博物馆收藏，她就是从陕北热

土走来的民间艺术家——高凤莲。

20世纪30年代，高凤莲出生于陕北延川县城关镇高家圪台村。在贫苦的旧时代，剪刀成为了许多像高凤莲一样的农家妇女抒发内心情感的生产和创作工具，也成就了高凤莲得心应手的剪纸"绝活儿"。新中国成立后，在崭新的时代中，高凤莲"小剪手中拿，剪出幸福花"。成年后的高凤莲并没有将自己囿于家长里短的狭小天地，先后担任过民兵连长、妇女主任、村党支部书记，还成为延川县种田能手。这些精彩的人生履历，不仅锻炼了她"能顶半边天"的才干与魄力，更赋予了她乐观自信、坚韧不拔的性格与品质。黄土高原的雄浑壮阔和万千生灵，陕北人民群众的生产与生活实践，个人成长的独特经历等，都为她的剪纸作品注入了源源不断的能量与灵性，并使其作品风格大气磅礴、雄浑质朴。

自20世纪90年代中期以来，高凤莲开始了大型剪纸作品的创作，《陕北风情》《黄河人家》等带有独特黄土风情的作品应运而生。1995年，第四次世界妇女大会在北京召开，高凤莲用6张大红纸拼接剪成的《牌楼》占据了中央美术学院陈列馆中最大的一个展厅，向世界展现了中华民族的灿烂文明和中国妇女的才华智慧。中央美术学院靳之林教授回忆："布展时间紧迫，她（高凤莲）根本没去过天安门，但她凭借着自己对于新中国的热爱、丰富的想象力和超群的技艺剪刻了三天三夜，按期完成了作品……她用龙凤代表中国，用天安门代表新中国的北京，把代表天安门的骑马门神放在中间。"新中国成立这个让中华民族热血沸腾的历史时刻，就这样在高凤莲的妙手中成为了一幅令世人拍案叫绝的巨型镂空艺术品。

民间美术的精妙在于"写意"，它不是对自然形态的再现与复刻，而是将客观物象予以丰富的主观想象。例如，在高凤莲剪纸艺术中代表性的抓髻娃娃，大胆地突破了四肢向下的"自然态"形态，而是向四方放射旋转；娃娃的双目以及身体分别刻以牡丹（阳）与莲花（阴），充分体现了中国本源哲学观念与民俗信仰，这些都是在传统剪纸中未曾有过的创新。从四五米见方的史诗般的神话故事剪纸，到随手拈来的小品之作，每幅作品都用独特细腻的艺术语言表达着高凤莲对于美好生活的体验与向往。高凤莲常说："纸花就是心花，只有心里有花，才能剪出心仪的纸花；假如心里没花，那就什么也剪不出来了。"剪纸，就是绽放在她心中幸福的花朵。

2017年，剪纸大师高凤莲因病在延安溘然长逝，但她生前创作的各类作品，仍然在世界各地的博物馆内继续绽放着光彩。在高凤莲的影响下，她的小女儿刘洁琼和外孙女樊蓉蓉也逐渐成长为国内著名的民间剪纸艺术家。刘洁琼（第二代传承人）继承了母亲边剪边唱的创作风格，擅长表现温婉凄美的爱情故事，创作的《兰花花》《走西口》等作品浑圆饱满，生动流畅。樊蓉蓉（第三代传承人）作为陕北剪纸新生代，代表作《欢迎红军来陕北》《送夫参军、送子参军》等作品将传统造型融入现代题材，直抒胸臆，创造出别样的明快之感。祖孙三代人的坚守与传承，让延川剪纸从陕北窑洞走向世界，展现了不同时代劳动者的矢志奋进与美丽人生。

红纸辗转，金剪浮沉。守住指尖上的"非遗"——中国剪纸的意义是什么？它是一个人，一个民族，乃至一个国家的念想，承载着一个国家的乡愁、诗意与远方。让中国剪纸等民间艺术回归寻常百姓的生活语境，让"守艺人"重新获得现代社会的认可与关注，让更多年轻人了解并爱上剪纸艺术，让传统的技艺在新时代焕发勃勃生机，这是对"非遗"最好的保护。只有我们重新拾起这些在时代深处闪耀的"非遗"，找回乡土中质朴的根性味道，才能在工艺之美与匠心之情中体味艺术家和人民的辛勤劳动，涵养出更为深厚的文化自信。

故 宫 · 文 物 · 匠 心

　　故宫，一座巍峨、庄严的城，矗立在北京的中心已经有 600 年的历史了，它是世界上现存规模最大、保存最完整的木结构宫殿建筑群，又称紫禁城。《后汉书》曾记载"天有紫微宫，是上帝之所居也。王者立宫，象而为之"。紫微、紫垣、紫宫等便成了帝王宫殿的代称，由于在封建社会里，皇宫属于禁地，常人不能进入，故称为"紫禁"。

　　1911 年，辛亥革命胜利后，封建王朝的统治被推翻，曾经贴着帝王标签的紫禁城也被赋予了新的注解。

　　1924 年，冯玉祥发动"北京政变"，将溥仪逐出宫禁，接管了紫禁城。后来，社会各界知名人士纷纷提议，将紫禁城改为故宫博物院。1925 年 10 月 10 日，故宫博物院正式成立。开放的第一天，前来参观的市民人山人海，人们以争先一睹这座神秘的皇宫及其宝藏为快，交通为之堵塞。故宫作为明清两代的皇家宫殿，陈列着数以万计的藏品，这些都是历代先贤、能工巧匠创造的精神财富和物质财富，慢慢掀开它的一角，已让大众神往不已。

故宫的创造者：用智慧和耐心打造一座城

　　走进这座城，我们会感觉行走在天地之间。历史和现实在这里交会，脚下的青砖、头顶的飞檐，都在跃跃欲试想要让你倾听它的故事。

　　1 两黄金在当时能买到什么？任你怎么猜测也想不到，它可能买到的仅仅是皇宫大殿中的一块砖。故宫地砖烧制的过程非常复杂，先是选用江南特有的黏土，经过掘、运、晒、椎、浆、磨、筛 7 道工序，露天放置整

整 1 年，然后将泥土沉浸于水中，经过三级水池的澄清、沉淀、过滤、晒干、踏踩、摔打 6 道工序，炼成稠密的泥，再把泥放入用木板、木框做成的地砖模具里，放置在阴凉处，阴干 8 个月，烧制 130 天。最后，工匠爬上窑顶，向滚烫的窑内浇水降温，冷却四五天，才到了出窑的日子。漫长的过程中，稍有不慎，整窑砖都会毁坏。出窑的砖只是半成品，还需要经过复杂的砍磨、浸桐油的过程，每人一天只能砍磨 3 块。烧制着年代、规格、产地、督造府、工匠名的砖，由运河北上，直达北京通州。如此珍贵的"金砖"，也只有皇帝经常光顾的宫殿才有资格铺设，紫禁城大部分地方看不到它们的身影。无数工匠复杂而漫长的劳作，使原本不名一文的泥土，竟有了黄金的身价。

故宫是土木建筑，在它的木结构中技术最复杂也是最简单的组合，就是斗拱。斗上置拱，拱上置斗，斗上又置拱。结构千篇一律，造型却又千变万化。工匠们用祖先传承下来的技艺和智慧将斗托着拱，拱又托着斗，一点点堆叠，一点点放大，扩大了横梁的着力面积，将大屋顶的重量，向下传给立柱，架起一座宏伟的木建筑。当我们置身故宫大殿，抬起头来，就能领略到中国木建筑艺术的华彩篇章。

这座容纳众多文物的博物院，既是传统文化的载体，又是传统文化本身。设计者和建造者们倾尽心力，将中国传统的思想理念揉进了万千的锤炼之中，使得一座无声又浑厚的宫城和那些称为历史的东西，得以被今天的我们真实地触摸。

故宫的修复者：方寸之间挽住历史，留住文化

在故宫，除了默默记录着历史的器物们，还有着这样的一群人，他们是给国家顶级文物"治病"的医生。他们的着装言谈与我们无异，和我们一样生活在机器工业时代，但他们的手艺，却有着几千年的生命。当我们被展台上熠熠生辉的文物吸引的时候，谁也不会想到，它可能经历过残损

破败和一次次小心翼翼、如履薄冰的修复。

唐代张祜有诗云："精华在笔端，咫尺匠心难。"如今，故宫里的文物修复师们正如诗中所云，既传承了修复文物的手艺，又将细细打磨、慢慢雕琢的匠心精神发挥到了极致。

一道道厚厚的宫门，将这些身怀绝技的修复师与大殿上的喧闹游人隔开，外面的时间在快速地流淌，而在属于自己的一方天地里，时间却仿佛定格一般。他们用几个月甚至更长的时间去刮掉画纸上的粒粒灰渣，去织补几寸的缂丝。"故宫的东西是有生命的，人在制物的过程中总是要把自己想办法融到里头去，这样的物自然就承载了人的意识，承载了人的审美。""你看一件器物，谁做的东西，就知道他这个人是什么状态，和画如其人是一个道理。"所以，这些"守旧"到底的工匠们，择一事终一生，在方寸之间用一把刷子、一柄刻刀、一支画笔，让那些历史上流光溢彩的瞬间在他们手上鲜活起来。

王津，负责故宫文物钟表的修复工作。清朝皇帝酷爱钟表收藏，王津师徒二人曾经修复过乾隆皇帝时期所收藏的铜镀金乡村音乐水法钟。钟表修复不同于其他文物，除了表面的修复之外，更要恢复文物钟表的机能。历经100多年，图纸零件早就不见了，修复工作全靠王津依据平日的经验和对历史的把握，一点点揣摩、清理、打磨、添补、镶嵌。"修复一座钟表，少说得几个月。"王津师傅说。特别是有着复杂的机械传动系统的宫廷钟表，代表着当时世界上最先进的机械制造水平，修复难度是极大的，更别说还原度了，这些都需要时间来慢慢沉淀。恢复走时功能还不算完工，恢复它的演艺功能是最难的。历经8个月，清乾隆铜镀金乡村音乐水法钟修复工作大功告成，在故宫博物院建院90周年的修复成果展上大放异彩。

故宫博物院院藏纺织品文物丰富，形式、用途各种各样，各种纺织手法在绢布上争奇斗艳，这其中最为费时的就是缂丝制品了。用缂丝工艺织

就的纺织品只能看到纬线的图案而看不到经线的图案，在绘画中一笔可以得到的变化，缂丝中就要分解成无数的色块，因此极度烦琐严苛。

2004年毕业于中国戏曲学院戏曲服饰设计专业的陈杨，是故宫博物院文保科技部副研究馆员，专攻纺织制品文物的修复。一幅《出门见喜》春条，民间是用春联的红纸边条，而在皇家却用到了缂丝工艺。在修复的过程中，陈杨把画稿衬在经线下，根据图形和色彩进行搭配，每一个过渡色都需要不停变换小色梭，这样穿上一天，却只得几寸。职业的使命感和责任感推动着陈杨去承担繁复的织物修复，缂丝补配材料仿旧织造、捻金线种类及成分分析、嵌补修复技术等难题，都随着科技的发展一一得到了解决。10余年间，陈杨在故宫修复院藏纺织品文物百余件。

在这个迅猛发展的社会里，一辈子只做一件事，做好一件事是难以想象的——城外的世界充满了诱惑和变数，人们紧张忙碌来去匆匆，坐得住、有耐心反而会错失很多东西。可在这群故宫文物修复师的身上，时间仿佛故意放慢了脚步，与他们一起等待历史的灯光被重新点亮。

故宫的开发者：让故宫走进大众，长久地活起来

故宫博物院自1925年成立以来，历经多轮院长人事更迭，这座庞大的庭院，稳稳地矗立在北京的中轴线上，离不开历任院长的辛劳与坚守。随着人们对精神需求和向往的不断增加，故宫博物院作为文物的栖息之地，在保护和修复文物之余，如何让故宫所承载的传统文化融入人们的生活之中，更好地实现文化的传承，成为了值得关注的问题。

最近几年，人们发现故宫似乎和以前有些不一样了。午门前人山人海的游客排队盛况不见了，广播喇叭里寻人启事的播放量减少了，取而代之的是网上预约无纸化门票进入故宫，整个过程不超过10分钟。原先故宫的各大殿为了保护文物，光线暗淡，游客只能趴在窗棂的玻璃上，眯起眼睛，竭力去看清皇室的生活掠影，而如今的这些大殿被彻底点亮了，通过

反复挑选特制不发热的 LED 冷光源，解决了故宫室内光线暗不利于参观的问题。以前的故宫，多处竖立着"游客止步"的牌子，来参观的人们带着意犹未尽的遗憾，不得不掉头折返。如今故宫的开放面积在逐年增加，从之前的 30% 增加到 2015 年的 65%，2016 年增加到了 76%，到今天已经突破了 80%，大量过去的非开放区变成了展区、展场，为游客呈现一场场文化盛宴。而这一切，不得不提故宫博物院的第六任"看门人"单霁翔。

2012 年 1 月，单霁翔就任故宫博物院院长。上任伊始的单霁翔，做的第一件事，就是走访、察看故宫的一间间房屋。他走进了故宫 9000 多间房屋，历时 5 个月，磨破了 20 多双布鞋，故宫里的一器一物、一树一木、一砖一瓦，一一印进他的心里，在他心里扎了根。了解完故宫情况的单霁翔，痛心于很多文物不能得到妥善的维护，游客观赏体验不尽如人意，传统文化得不到良好的传承。于是，单霁翔开始着手解决这些难题。

首先转变故宫博物院的管理理念，由此前的以方便管理为中心转变为以服务游客为中心，从解决细节问题做起，致力于服务好每一个观众，比如网上便捷购票，增设人性化座椅，增加路牌标识，增设女性卫生间等。

故宫作为世界上最负盛名的综合性博物院（馆）之一，其本质是文物资源的收藏与展览，在高效率、高利用率地展示珍贵文物的同时，更多地利用创新手段去增加整个产品线的曝光，让古文化与古文物不再囿于 3 米红墙。"故宫淘宝"带着一股清流快速"侵袭"大众。故宫将古老的筋骨血脉融进了各种文创产品中，文创产品成为故宫亲民的最直观体现。纪录片《我在故宫修文物》激起了很多年轻人参观故宫的热情，甚至有 4 万多人申请报考故宫博物院的岗位招聘。故宫科研团队推出的手机应用软件"每日故宫"，让人们随时随地都可以浏览下载图文并茂的展品介绍，一年365 天累积下来就是一个掌上的故宫博物院。

故宫的文化开发者们，深入研究现代人们的生活，深入挖掘故宫的文化资源，和现代人的文化生活对接，让故宫除了展示庄严肃穆的一面之

外，更增加了轻快与活力，跳脱出原有的建筑、器物形式，活动在人们的指间、身边，让更多的人在潜移默化中接触到厚重的历史，自觉地成为了历史的传承者和创造者。

2020 年，故宫建成 600 周年，它既古老又焕发着年轻的活力，这其中离不开历代先贤和工匠们的勠力同心，也离不开今天的故宫守护者们的初心和坚持，而这也是当代中国的一个创造维新的缩影——曾经的文明古国，正在全民齐心共建中走向全新的征途。

故宫，愿你所有过去，皆是未来！

第二篇章

劳动美丽

创造生活之美

生活呀生活

多么可爱

多么可爱

像春天的蓓蕾

芬芳多彩

明天的遍地鲜花

遍地的鲜花哟

要靠着今天的汗水灌溉

……

——《青春多美好》歌词节选

川流不息的美丽与传奇

京杭大运河，是人类历史上里程最长、工程最大的运河，甚至都不用加上"之一"。晚唐诗人皮日休写下了这样两句流传千古的诗句："尽道隋亡为此河，至今千里赖通波。若无水殿龙舟事，共禹论功不较多。"千百年来，将近 2000 公里的京杭大运河静静地沟通着中国的南北地区，见证着时代的变迁，孕育着无尽的美丽。时至今日，依然焕发着勃勃生机与活力。

隋唐运河，看城镇兴起

早在公元前的春秋末期，为了改善交通、壮大国力，地处长江下游的吴国就开始了最初的运河修建。为了北上讨伐齐国，吴王夫差征调民夫修建了沟通长江和淮河的邗沟，又对长江三角洲地区原本密布交织的河道进行引导疏浚，便有了后来从扬州经苏州到达杭州的江南运河。邗沟和江南运河都成为了后来京杭大运河的重要组成部分。现如今，我们已经很难想象，在铁器刚刚发展、尚未得到充分普及的遥远年代，成千上万的普通劳工是如何用着笨重原始的工具，凭借自身的力量修通这数百公里的人工河道的。正是因为他们默默无闻的辛勤劳动，原本潮湿僻远、不宜居住的江南泽国才得以改头换面，重新粉墨登场，并逐渐壮大成为中国历史上不容忽视的富庶之地与文化之乡。运河沿岸的村落城镇，凭借着其便利的水利运输条件不断发展，才有了后来扬州淮左名都的"二十四桥明月夜"，才有了秦淮如梦如幻的"烟笼寒水月笼沙"，才有了姑苏诗情画意的"一川烟雨，满城风絮"，才有了钱塘烟柳画桥的"参差十万人家"，才有了后来

深耕于每一个中华儿女心中"人人尽说江南好"的江南梦。

　　在此后的几百年里，无论是硝烟四起的分裂时期，还是和平安定的统一年代；无论是为了运输军队粮草，还是为了整治洪涝干旱，历朝历代的统治者们从来都没有停止修建运河的脚步。在无数劳工百姓热火朝天的锹镐锄铲之中，中国中东部的水路交通得到了极大的改善，在数百万平方公里的广袤地区，各支水系纵横交错、四通八达，天然河道与人工运河交织，人们通过各条水道甚至可以顺利地将货物从华北运至岭南。隋朝成为了运河发展史上的一个重要节点，经历了长时间的战乱分裂，中央王朝终于再次归于一统，这也为地方性运河重新疏浚沟通提供了有利条件。隋文帝率先对汉代槽渠进行疏通，修建了自长安大兴城经洛阳到潼关黄河的广通渠。在此基础上，隋炀帝则以洛阳为起点，向北修建了直至涿郡的永济渠，向南修建了沟通淮水的通济渠，又再次修缮整合了前朝的邗沟和江南运河。至此，隋唐大运河的雏形已经完成，流淌的河水滋养出了生生不息、博大精深的华夏文明，东都洛阳则随着运河的开凿一跃成为当时世界上最繁华的大都市。西域的商人风尘仆仆，经丝绸之路一路向东抵达长安和洛阳；南北的货船穿梭不止，经隋唐运河在南关码头歇脚或是装卸货物，这都为洛阳这座陆路与水路的交通枢纽带来了前所未有的生机与活力。"玉楼金阙慵归去，且插梅花醉洛阳。"洛阳又一次成为华夏文明的聚焦高光，成为了文人墨客心目中美好的精神故乡。唐朝刘克庄曾写下这样的诗句："洛阳三月花如锦，多少工夫织得成。"但如果没有这运河水的汩汩流淌，没有万千人民的默默劳作，又哪来这"花开时节动京城"的绚烂风光，哪来这"红绿荫中十万家"的繁华景象呢？

京杭运河，看技术更替

　　元朝以后，中国的政治中心迁移到现在的北京一带。为了更加方便地将江南地区的粮食通过水路运输送抵京城，元朝和明朝的统治者们在隋唐运河的基础上截弯取直，重新开凿了洛州河和会通河，把天津至江苏淮安之间的天然河道和湖泊连接起来，又重新挖掘了沟通京津的通惠河，再加上淮水以南的邗沟和江南运河，便构成了现如今京杭大运河的前身。作为粮仓的长江三角洲与华北平原的联系变得更加直接而又紧密，也带动了新一批山东、江苏等地运河沿岸的城镇发展。山东南部的枣庄成为了后来运河的新宠，这里拥有着京杭大运河中仅有的东西走向，人们辛勤开采出的煤炭顺着京杭大运河被运送到了全国各地，带动着中国近代工业在夹缝中艰难发展。

沧海桑田，京杭大运河同样经历着属于自身的繁华与衰落。进入近代，工业时代的到来带动了公路和铁路运输技术的飞速发展，而运河水道则由于泥沙淤塞、运输速度等自身条件的限制，从人们的视野焦点中慢慢消失了。尤其是1911年津浦铁路的全线通车，京杭运河的漕运作用一落千丈。新中国成立后，在党中央的领导下，京杭运河再次经历了大规模整修，在新的历史阶段重新发挥航运、灌溉、防洪和排涝的多种作用，部分河段已进行拓宽加深，截弯取直，新建了许多现代化码头和船闸。尤其是21世纪"南水北调"工程方案提出以后，京杭运河作为工程东线开始承担新的历史使命。长江下游的水通过京杭运河北上，源源不断地滋养着华北平原的缺水地区。淮安水上立交即是这浩大工程的一个微缩剪影，京杭运河在此上跨淮河，构成了世所罕见的河道水上立交。从空中俯瞰这一地标性建筑，入海水道大堤像两条巨臂，忠实守护着水上立交。上部航槽是现如今京杭运河的航道，满载货物的船只络绎不绝；下部15孔巨大涵洞已没入水中，作为苏北灌溉总渠的淮河自西向东奔流入海，蔚为壮观。巧合的是，这里也是明清时期清口水利枢纽所在地。明代著名水利工程专家潘季驯总结了前人的历史经验，在实践中探索出了"筑堤束水、以水攻沙、蓄清刷黄、济运保漕"的工程思路，最后的枢纽建筑堪称人类水运水利技术整体的杰出范例。千百年来，从清口水利枢纽到淮安水上立交，技术在不

断更新，设施在不断新建，中国人的辛劳与自强从未改变。勤劳的中国人积极克服自然条件的不利因素，用智慧与勤奋改造客观环境，守护着世代家园的和平安宁，也缔造出了运河两岸千年的繁荣景象。

文化运河，看人生百态

京杭大运河既是一条水路运输的黄金纽带，更是一道光彩夺目的文化风景线。两岸一代代勤劳朴实的华夏儿女，用自己的双手书写着动人的诗篇，创造出五彩斑斓的历史文化。若是有幸顺着历史上鼎盛时期的京杭运河，自北京出发一路南下，沿途的自然风光与风土人情，一定会让你深深地感受到运河文化的根与魂。

我们从通州东南号称"大运河第一码头"的张家湾启程，河岸边商贾云集，船湾里桅杆林立，远道而来的客商与游子在此摩肩接踵，万千挑夫忙活着将漕船上的货物转移到小船或是马车上好继续运送进北京城，南腔北调在此汇集，汇成一首生动响亮的劳动进行曲。进入天津、河北，扑面而来的是煎饼馃子散发的诱人香味，喷香薄脆的煎饼既可以是单独的主食，也可以卷上当地的食材和酱料，变幻出各种令人难以忘怀的家常美味。到了永济渠和京杭运河分道扬镳的临清城，一定要去看一看占据临清古城 1/4、在明朝有着"天下第一仓"之名的临清仓，最多的时候这里曾经储存着全国 3/4、多达 300 万石的漕运粮食，每一粒饱满的籽实背后都包含着一个对丰收最真诚的期盼。继续向南，山东的台儿庄有一种特色的运河石头大饼值得一尝，在石头上烤出的大饼外酥里嫩，别有一番风味。这种简单的食物也曾是运河上劳累的纤夫和跑船的人们最实惠的美食，久而久之就以"运河"命名。到了江苏和山东交界之处的微山湖，一顿丰盛的荷花宴是对忙碌了一年的渔民的最佳犒赏。当地居民因地制宜，泛舟湖上采摘下最新鲜的荷花、荷叶和莲蓬，制成黄金炸荷花、荷叶肉卷等一道道特色美味，不由得让人啧啧称赞、齿颊生香。继续南下抵达宿迁一带，不妨去听听被当地称为"拉魂腔"的柳琴戏。据说这种节奏明快、流畅活泼的地方戏曲，源自于农民农忙时节抒发内心喜悦之情的秧歌与号子，经过加工润色，再结合当地的传说轶事，便逐渐变成了鲁南苏北独特的"拉魂腔"，给老百姓带来了无穷乐趣。跨越淮水长江后，苏州西北的山塘街绝对不容错过。唐朝白居易曾任苏州刺史，在任期间他疏浚了阊门到虎丘之间的水路，开凿运河的淤泥堆积成堤，人称"白公堤"，也就是后来闻名遐迩的山塘街。这是曹雪芹笔下"最是红尘中一二等富贵风流之地"，也是乾隆时期画家徐扬所作《盛世滋生图》的原型所在。在这里，听着婉转昆曲与吴侬软语，感受着列肆招牌、灿若云锦的市井气息，真可谓心旷神怡。抵达浙江湖州，南浔镇辑里村生产着全世界最华贵考究的蚕丝，当地村民们摸索出一套最高超的缫丝技术，所生产的辑里湖丝富于拉力、丝身柔润、色泽洁白，在明清时期便是帝王黄袍的指定原料，在 1851 年首届伦敦世博会上初次登场就荣获金、银大奖，享誉全球。最后，我们抵达京杭运河的另一端杭州城，用一杯手工采摘精心炒制的西湖龙井为这次震撼心灵又大快朵颐的旅程画上一个灵动的休止符。自北向南，运河沿线城镇精彩纷呈，各种特色文化你方唱罢我登场，这是大运河给我们带来的精神食粮，更是淳朴的劳动人民用不同形式给我们缔造的关于美的享受。

2014 年 6 月 22 日，在卡塔尔多哈举行的联合国教科文组织第 38 届世界遗产委员会会议上，"中国大运河"被批准列入《世界遗产名录》，成为我国第 32 处世界文化遗产和第 46 处世界遗产。当今的大运河，并没有尘封在历史的记载中，依然在新的时代焕发着新的活力。南来北往的货运船队依然活跃在运河之上，带动着南北地区经济与文化的交融与发展。滚滚长江水，顺着河道通过层层水闸奔流而上，滋养灌溉着水资源匮乏的北方土地。在时间与空间的双重维度中，大运河川流不息，满载着团结勤劳的运河人民奔向希望与幸福，共同缔造新的美丽与传奇。

医者仁心，大医精诚

古人医在心，心正药自真。

今人医在手，手滥药不神。

我愿天地炉，多衔扁鹊身。

遍行君臣药，先从冻馁均。

自然六合内，少闻贫病人。

——唐·苏拯《医人》

立春时辛甘的韭菜，端午节清香的艾草，重阳节醇酽的菊花酒，冬至日一盏扶正的膏方……千百年来，中医药以一种生活方式融入了中国人世世代代的日常起居，以独特的健康养生理念及实践守护着中华民族的繁衍生息。从扁鹊所奠定的中医学切脉诊断法到华佗独创的麻沸散、五禽戏，从东汉张仲景的《伤寒杂病论》到明代李时珍的《本草纲目》，中医药是中华文明的一块瑰宝，凝聚着中国古代医者的智慧与仁心，展现着中华文明的悠长与灿烂。

唐代药王孙思邈《大医精诚》有载："凡大医治病，必当安神定志，无欲无求，先发大慈恻隐之心，誓愿普救含灵之苦。"医者不仅应"精"于高超的医术，更要"诚"于高尚的品德，具备普救众生之仁心。新中国成立 71 年来，当代中医人在传承古老中医技艺和高尚品德的基础上，不断开拓创新，用一缕药香跨越古今，用一颗仁心济世养生，用一枚银针联通中西，用一株小草改变世界，不仅为中国人民的健康事业作出了重要贡献，同时也对世界医学文明产生了积极的影响。

同修仁德，济世养生

同仁堂始建于清代康熙年间，"同仁"二字由乐氏第 4 代名医乐显扬亲自拟定，意为"和同于人，宽广无私，远近亲疏皆仁爱"。乐氏第 5 代传人乐凤鸣精研中草药，由他撰写的《乐氏历代祖传丸散膏丹下料配方》，提出延续至今的"炮制虽繁必不敢省人工，品味虽贵必不敢减物力"的制药规范。乐氏第 9 代传人乐百龄配制出的"同仁乌鸡白凤丸"更是成为当时已远销至东南亚的招牌药品。相传，清代皇帝的诸多隐疾都为乐氏名医所医治，同仁堂与清宫太医院、御药房之间的有机融合，孕育了同仁堂中药的独特风格和严苛品质。创始人乐显扬认为，"可以养生、可以济世者，唯医药为最"，中药炮制技术为同仁堂人世代传承。

作为中国传统医药的老字号，同仁堂中医药人在 300 年风雨历程中，始终保持着"同修仁德，济世养生"的仁心，以"配方独特、选料上乘、工艺严格、疗效显著"的制药特色而享誉世界，同仁堂中医药类产品行销至全球 40 多个国家和地区。

传承精华，守正创新

长期以来，中医药的制药技艺和临床经验，或沉淀于古文医籍中，或散落在民间奇方中，主要靠师徒世代口传心授。而传承不足，让中医医道艰难延续，让诸多中医技艺正在面临失传。2006 年，北京同仁堂中医药文化被列入第一批《国家级非物质文化遗产名录》。在制药现代化的背景下，如何传承古老的中药鉴别、炮制工艺成为同仁堂人面临的一大挑战。中药材的鉴别需要药剂师练就一双火眼金睛，以由牛黄、牛角粉、麝香、珍珠、黄连等 11 味中药材配制的"安宫牛黄丸"为例，各项药材的品质都要通过药剂师眼看、鼻闻、口尝、手摸进行辨别，天然麝香中一些细微的绒毛必须靠肉眼辨别并拿捏。中医药的炮制更是个极为精致的技艺，包括炒、炙、烫、煅、煨、煮、蒸、淬、漂、飞、浸等不同制法，只有掌握其中火候与奥秘，才能使药材达到增效减毒之功用。传承，是老字号企业发展的职责和使命；创新，是使老字号走得更远的重要手段。同仁堂一方面传承中药材鉴别和炮制技术传统老工艺，另一方面积极引进现代分析检测和超微粉碎等新技术和设备，对传统中药进行改进研究。今天的同仁堂，已经是拥有30多个生产基地、100多条生产线、1800多种中成药与保健食品等中药相关产品的大型现代化医药企业。此外，同仁堂博士后科研工作站的建设，将传统教育的精粹与现代教育体系相融合，为中医药的持续性发展培养大批优秀科研人才。300年风雨同仁堂的历史证明，守正始终是传承中医药宝库精华的源流，而创新则是推动中医药持续发展的根本动力。

"传承精华，守正创新。"这是习近平总书记对中医药工作作出的重要指示。新时代的中医药人秉持着"遵古不泥古，创新不失宗"的创新精神，在传承中创新，在创新中传承，把"守正"与"创新"有机结合起来，使古老中医传统技艺也能插上现代科学技术的翅膀，让这一中华文明瑰宝在新时代焕发出新的光彩，不断满足人民群众日益增长的健康需求。

现在，全国有许多中小学开展了中医药文化知识普及教育活动，使越来越多的青少年有机会系统性学习中医药的科学知识，感受中国优秀传统文化的独特魅力，为健康中国建设增添新动力。

呦呦鹿鸣，食野之蒿

作为一种世界上最古老的传染病，疟疾是千百万年来危害人类健康的头号杀手。据世界卫生组织（WHO）统计，疟疾流行于全球各大洲102个国家和地区，影响着约20亿人口的生命健康。尤其是在非洲、东南亚和拉丁美洲一些卫生条件较差的国家和地区，疟疾的致死率极高。在古代中国，人们将疟疾称作"瘴气"，中医对疟疾这种疾病的研究已经有数千年的历史。"疟之始发也，先起于毫毛，伸欠乃作，寒栗鼓颔，腰脊俱痛；

寒去则内皆热，头痛如破，渴欲冷饮。"中国最早的医学典籍《黄帝内经》卷十第三十五《疟论篇》详细描述了发热、寒战、出汗等疟疾发病时的症状。《诗经》中的"呦呦鹿鸣，食野之蒿"中的"蒿"即为青蒿，东晋时期葛洪所著的《肘后备急方》中记载的"青蒿一握，以水二升渍，绞取汁，尽服之"，是青蒿具有退烧之功效最早的文字记载。正是受到中医古籍中这段文字的灵感启发，屠呦呦及其科研团队于 1972 年发现了青蒿素。2015 年 10 月，屠呦呦成为首位荣获诺贝尔生理学或医学奖的中国人，让中医药成果登上世界医学最高领奖台。多年从事中药和中西药结合研究的屠呦呦在获奖感言中说道："青蒿素是人类征服疟疾进程中的一小步，也是中国传统医药献给人类的一份礼物。"

1969 年，39 岁的屠呦呦以中国中医研究院科研组组长的身份加入当时的抗疟新药研发项目。通过实地走访经验丰富的老中医，不断从中医药经典古籍中提取精华配方，屠呦呦率领团队编写了一部记录了 640 多种治疗疟疾药物的《中药单验方集》。1972 年，在《肘后备急方》治寒热诸疟方篇启发下，屠呦呦团队改用低沸点溶剂的提取方法，终于在实验室里提取出对疟原虫抑制率高达 100% 的青蒿素。青蒿素的发现，不仅是中医药科技创新的一座里程碑，而且也为全世界人类健康事业作出了巨大贡献。

中国智慧，世界礼赞

病毒没有国界，疫情不分种族。全球性传染疾病的再度爆发，使构建人类命运共同体的紧迫性更加凸显。2020 年，突如其来的新冠肺炎疫情快速席卷全球，中医药由于显著的抗疫功效而成为抗击新冠肺炎疫情的一大"利器"。根据中国国家卫生健康委员会的数据统计，中医药参与治疗的新冠肺炎确诊病例超过 9 成，约有 7 万余人使用中医药进行防疫，中医药在临床疗效观察中的有效率高达 90% 以上。金花清感颗粒、连花清瘟胶囊等源自千年古方的中医药物资跟随中国医疗专家团队，驰援意大利、伊拉克等国的疫情重灾区，为国际社会对抗全球性传染性疾病，维护世界人民的生命健康发挥了重要的作用，彰显了中医药的传统智慧和科技力量，展现了中国传统健康文化的独特魅力，也是负责任大国的担当。作为中华文明的瑰宝，中医药也为全球战"疫"贡献了"中国智慧"与"中国方案"，成为了世界人民健康的守护者。

中国医药学是一座伟大宝库，凝结着中医人世代相传的健康养生理念和实践经验，凝聚着中华民族和中国人民的独特智慧与古老文化——屠呦呦通过分析中药文献找到青蒿素，陈克恢从中药麻黄中找到麻黄素，张昌绍从中药常山中提取出常山碱……然而，中医药宝库并非全部可以拿来即用，也需要与现代科技相结合，通过不断推进中医药的现代化和产业化，深入挖掘中医药精华，才能更加充分发挥中医药在疾病防治中的独特优势，让世界了解中医药、接受中医药，为世界的卫生健康事业作出新的更大的贡献。

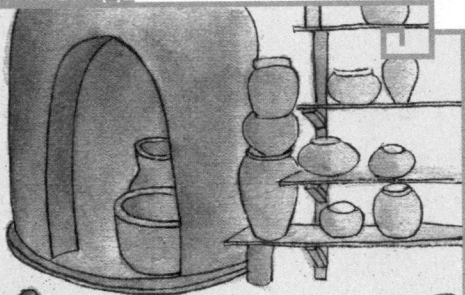

千年窑火话陶瓷

现如今，越来越多的人文学家热衷于发掘"中国"这一词的无穷内涵。若是把这个问题放置于更广阔的视野中进行考察，我们会发现，这个让我们引以为傲的"China"，实则是起源于作为瓷器的"china"。在全球化尚未发展的千百年前，作为一张光彩夺目的名片，瓷器已然成为西方世界对东方这个神秘大国的最初印象。而现如今，作为中华优秀传统文化的重要代表，这些巧夺天工的瓷器依然在折射着泱泱大国博大精深的文化魅力，向我们默默诉说着自古以来这片土地上人们的生活。

明代科学家宋应星在《天工开物》中曾对制瓷的手艺有这样的描述："……共计一坯之力，过手七十二，方可成器。其中微细节目，尚不能尽也。"在传统手工制瓷业中，从最初不起眼的瓷石，到最后让人陶醉痴狂的艺术作品，往往要经历漫长的时光。无论是宋徽宗笔下"雨过天晴云破处"的梦幻天青色，或者是明成化帝为了博取美人欢心的斗彩鸡缸杯，还是多少人梦寐以求的宣德洒蓝釉，以及后来融入时代元素而家喻户晓的元代青花瓷，其中制作的每一个环节都蕴含着瓷器匠人们的智慧和心血。

给瓷土以温情

并不是所有的土石都有幸披上华丽的釉彩外衣，被开采出来的瓷石首先需要经历匠人们手工挑选的严苛关卡。不同品质的瓷石在经历了淘澄、冲刷后被捶打成瓷泥，并根据需要再与其他瓷土按照特定比例进行混合。不同的瓷土在瓷器中也发挥着不同的作用，有的用来支撑瓷器主体，有的用来做后期细节装饰。在经历了千百年的探索后，不辞辛劳的匠人们终于

获得了上天的恩赐，他们在江西景德镇的高岭村发现了一种神奇的泥土，掺入了这种高岭土的泥坯在高温环境下表现出了极强的稳定性，解决了从前烧制过程中极易出现的变形坍塌以及色泽洇黄的问题。景德镇也由此开始名声大噪，并在漫长的历史进程中逐渐成为"中国瓷都"。

制泥这个过程看似简单，实则大有学问，原料从开凿出山的那一刻起，就开始不断汇集匠人的心血和温度。手工匠人们先将精心挑选的瓷石敲成小块，然后交给水碓完成 10 多天的捶打，所得到的细腻泥土再经过多个沉淀池的过滤，之后进一步排除空气、压制成模，才能够成为真正可以用于制作瓷器的瓷不（dǔn）。直到今天，依然有人在坚守着最传统的制作瓷不的方式。他们不时地用脚踩踏泥土，来感受并挤出其中残存的气泡，这样的工序需要持续将近 1 个月。从坚硬的瓷石到柔软的瓷泥，这些幻化中的原料在接受着时间洗礼的同时，也在接纳着匠人们的执着与温情。而这种极具美感的劳作韵律，不仅呈现给世人一件实在的器物，同时也蕴藏着匠人内心对于美的憧憬与期待。

给瓷泥以生命

瓷不被交到了拉坯匠人的手里。他们凭借着自己的手艺，让原本没有固定形状的瓷泥华丽变身，幻化出后人眼中啧啧赞叹的曼妙造型。拉坯匠人的手触碰着陶轮上飞速转动的陶泥，就仿佛对其施加了神奇咒语，多余的泥块被利落剔除，一道道完美的曲线从混沌之中慢慢浮现。瓷器的大小、形状不同，拉坯的手艺也有不同的学问——小件瓷器的精细化程度要求高，拉坯匠人会借助简单的竹片检验最后的弧度和厚度是否一致；大件瓷器的拉坯则需要多人的默契配合，几近半人高的瓷土在旋转时产生的阻力并不小，需要几个大力士做辅助，数人同时将力量平稳地传递到最后一位拉坯匠人的手上，以完成塑型的工作；一些特殊形状的瓷器则可能需要分部件单独制作、最后再拼接，这种工艺更容不得一丝马虎，更需要拉坯匠人对衔接处瓷泥厚薄和尺寸的精确感知，才能有最后浑然天成、严丝合缝的黏合。拉坯需要匠人们极为强大而稳定的手上力量，炉火纯青的拉坯匠人们也往往带着泰山崩于前而色不变的镇定与气魄。在拉坯成型的那些瞬间，飞转的陶轮也似乎慢了下来，慢得足以让人感受到从手掌传递到瓷泥中的情谊，感受到初生瓷器中蓬勃旺盛的生命力。双手摩挲过每一处留下的旋纹，是每一个手工瓷器独一无二的名片，也无声传递着每一个匠人内心纯净的审美情趣。

在瓷坯阴干之后，便是利坯匠人一显身手了。他们利用手中不同型号的利坯刀，对拉坯匠人的心血成果进行更加精细的修理与打磨。此时的瓷身已经基本定型，利坯匠人的每次出手都是在成败的万丈悬崖边谨慎游走，稍有不慎就将前功尽弃。经验丰富的利坯匠人早已是成竹在胸，心无旁骛地用全身的每一处感官悉心感受着利坯刀与瓷泥摩擦所产生的每一丝细微变化，用近乎苛刻的态度雕琢出现代化机器生产所无法呈现的完美造型。利坯匠人的手上功夫在薄胎上展现得淋漓尽致，经过粗修、细修、精修等反复百次的修琢，最为老道的利坯匠人甚至能将原本 2 毫米到 3 毫米厚的粗坯修至 0.5 毫米左右，使成品薄似蝉翼，亮如玻璃，轻若浮云，几乎可以像纸张一样透明轻盈。但越是接近成功，也越是暗流涌动，每一次轻车熟路的完美利坯背后，都包含着匠人们无数次功败垂成后的毫不气馁、从头再来。凭借着精妙细腻的手感，秉承着精益求精的追求，沉稳淡定的利坯匠人们才能为世人呈现出一件件完美无缺的天工之作。

给瓷器以灵魂

至此，一件手工瓷器的基本骨架才基本定型，装饰匠人们从利坯师傅手中接过这一件件饱含着心血与智慧的半成品瓷器，继续精心为它们打造风姿绰约的迷人外衣。瓷器的表面涂饰主要可以分为釉下彩和釉上彩两种。釉下彩的代表种类是青花瓷，通常色彩清新淡雅又富有层次变化，给

人以沉稳恬静之感。釉上彩的代表种类则包括粉彩瓷、珐琅彩等，颜色更为丰富明丽，画面内容也更加丰富。而斗彩瓷器等则是将釉下彩和釉上彩相结合，以其绚丽多彩的色调，沉稳老辣的色彩，形成了一种别有风味的装饰风格。虽然有着不同的分类，各位装饰匠人们却都怀揣着同样的虔诚之心。一件复杂的瓷器画作甚至需要多位装饰匠人的合作分工，有的负责线条花纹的勾勒，有的负责花鸟鱼虫的描摹，有的负责草木山石的装点，有的负责人物神佛的绘制，彼此各司其职却又互相配合。所有的部分并非简单的罗列，匠人们在构思时不仅要思考各自图案的绘画效果，更要考虑整体器形的布局、色彩的搭配、比例的协调。勾勒、分水、洗染、填粉、描金，每一个步骤都有条不紊地进行着。这其中蕴含着的不止是匠人们潜心钻研的技术手艺，还有他们沉稳从容的画笔之下含蓄而又炽热的情感。那是对大千世界的热爱，对过往时光的依恋，对美好未来的向往，对人世情感的珍惜。一件完美的手工瓷器，无论外部时空如何变幻，这种已融入每一个细节的美好匠心与独特灵魂，将不会被轻易磨灭。每一道轻巧的笔触，每一个灵动的图案，每一幅生动的画面，都在诉说一个有趣的故事，即使穿越了千百年的荏苒时光，依然可以触碰到我们柔软的内心，惊艳到每一个用心聆听的后来人。

烧制是每件瓷器在成品之前最后的考验。上千摄氏度的窑火将赋予泥坯新的灵魂力量，它使得瓷身变得坚硬清脆、不再变形，使得图案就此凝固的同时还凸显分明的层次，充满立体感。而且，不同的颜料在炉火的淬炼之下还能幻化出各种让人惊叹的色彩。可别小瞧了这一个环节，不同形态与颜色的瓷器对烧制的要求都有着细微的差别，一个窑能放多少个匣钵，匣钵放什么样的泥坯，不同的泥坯放在什么窑位，甚至是烧制时天气的好坏、湿度的大小、燃料的种类，这其中的每一个细节，都可能关系着最后这个成品能否登堂入室，涅槃重生。传统的把桩师傅从多年的烧火中练就了一双火眼金睛。在各类电子温度计问世之前，他们凭借自己丰富的经验和敏锐的观察，就能准确判定出窑炉内的温度情况。在温度攀升的关键阶段，匠人们分秒必争，及时添柴加火，让泥坯在长时间的高温环境中彻底绽放出迷人的色彩。幽淡隽永的北宋汝窑天青色、深艳猩红的康熙郎窑牛血红、简洁质朴的南宋龙泉青、淳美尊贵的明清官窑黄……这些让人沉醉的颜色，既要归功于釉料匠人对釉彩的精确调配，也是把桩师傅对窑火温度精准把控的最好回报。

开窑是最令人期待的瞬间。经历了把桩师傅长达数十小时不眠不休的看护，泥坯终于迎来了破茧成蝶的出炉时刻。令人不能把控的是，并不是所有的努力和祈祷都可以催开成功的花朵，瓷器的诞生需要天时、地利、人和的完美搭配，而在匠人对瓷器的评价标准里，也容不得一点儿瑕疵的存在。古代御窑厂有这样的规矩，存在缺陷、没有被选中的瓷器都要被砸碎深埋，不能流出。直到现在，有些执着的手工瓷器匠人依然恪守着老祖宗留下来的传统。这个严苛到不近人情的规矩，不仅为每一件传世之宝赋予了更加珍贵的价值，也折射出一代代瓷器匠人矢志不渝的有关美的坚定信仰。

今天，机器的使用大大提高了瓷器用具的生产效率，流水线标准化生产的结果是质量更为可控，却少了匠人们在制作时不断融入的丰富情感，少了每件手工瓷器所独有的神韵与故事。不过这也无妨，随着时代的发展与生活的进步，瓷器也比古时承担着更多的使命。如若有机会到景德镇一游，便会看到其乐融融的一家人在瓷吧里感受手工制瓷的乐趣；会看到摆满瓷器的街市地摊上熙熙攘攘的淘宝人；会看到怀揣理想和抱负的当代陶瓷艺人努力用手中的瓷泥实现心中的创意……他们或是神采飞扬，或是聚精会神，或是欢声笑语，或是沉默专注，都沉浸于瓷器所创造的美丽世界之中。瓷器之美，美在造型，美在图案，美在颜色，更美在从瓷石走来，注入的每一滴心血、每一点智慧、每一丝情感和每一个不曾言说的故事。

人与一片绿叶的邂逅

　　中国是茶的故乡，也是茶文化的发源地。从古至今，种茶制茶已成为中国茶人世代相传的技艺。无论是平民百姓的柴米油盐酱醋茶，还是文人骚客的琴棋书画诗酒茶，茶文化早已深深融入了中华民族的血脉。于中国人而言，茶不仅是许许多多茶人的生计，是一份技艺的传承，也是一门艺术，是一种文化。千百年来，茶以中国为起点，沿着茶马古道和丝绸之路走向世界，获得了世界各国人民的喜爱。

茶在中国，雅俗共赏

　　关于茶最早的传说可以追溯至上古时期，相传神农尝百草，日遇七十二毒，得茶而解之。"茶"泛指能够解毒的植物，也包括了茶叶。人们采集这种芬芳的树叶，煮水敬神，并消食解毒。根据考古发现，人类最早的人工种植茶树的遗存，可以追溯至距今 6000 年左右河姆渡文化田螺山遗址出土的山茶树根。茶树品种被人类驯化并成为一种农作物，最早的文字记载出现于西汉王褒的《僮约》，"牵犬贩鹅，武阳买茶"。意思是说，仆人要负责遛狗卖鹅，并到武阳（今四川彭山地区）买茶。这也从侧面印证了自西汉时期，西南地区的普通百姓已经开始喝茶了，茶叶种植正是起源于中国的西南地区，饮茶习俗源自中国，而非西方人相信的印度或斯里兰卡。

　　"茶"字据说是唐代"茶仙"陆羽发明的，他在《茶经》中将茶字减去一横，以强调"草木中的人"。陆羽的《茶经》对茶的定义来自佛教僧人对茶的早期研发。那时中原地区种茶还不普遍，僧人为了喝茶，就得自

己种茶、自己制茶，现今很多重要的茶叶产区最早的开拓者都是僧人。唐朝人陆羽开创了中国茶道，将饮茶上升到"品茶"的高度，他的茶叶专著《茶经》，介绍了中国茶的起源、器具、种类、制作、饮用的方法等，被誉为茶叶百科全书。而敦煌文献中发现的唐代《茶酒论》，则从侧面反映了当时茶和酒在观念层面的论争，证明茶已经从众多植物饮品中脱颖而出，开始与酒平起平坐。唐代的李白、白居易，宋代的苏轼，明代的袁宏道等历朝历代众多文化名人都曾赋诗为茶背书，推动茶成为风靡全国、雅俗共享的国民饮品。

到了宋代，由于北宋皇帝宋徽宗的推崇，茶达到高峰。宋徽宗所著的《大观茶论》详细介绍了宋代茶的种植、制作、饮法等。宋徽宗还在福建设立官方茶园，据说采茶一定要用指甲而不能用手指，因为手指上的汗会污染珍贵的嫩芽，在制法上则必须蒸过之后再压成小饼，苏轼的"赐茗出龙团"说的就是这种名贵的团饼茶，得皇帝赏赐才有的喝。宋代商业的发达，让路边茶肆成为市民们饭后的娱乐场所，实惠的散茶成为市民家中的必备饮品。明代朱元璋以团饼茶过于奢侈为由，废除团饼茶改饮散茶，使几百年来积累的工艺、饮法等全都废除。然而，这场危机并未让中国茶文化衰落，反而让茶发展得更为多元和丰富。我们现在使用的泡茶法、炒青绿茶的制作工艺、品明前茶的习俗以及西湖龙井、黄山毛峰、君山银针等名茶，都始于明代。

现今中国很多中学和小学，不仅开设"茶文化""茶艺"等理论知识课程，还开辟了茶文化劳动教育实践基地，从采茶、炒茶、泡茶、敬茶等各个环节，让学生深刻了解我国茶文化，传承我国茶文化。

因茶致富，因茶兴业

在 20 世纪，由于种种原因，中国一度在世界茶叶生产国排行榜上跌到第三，落后于印度和斯里兰卡。2008 年以来，随着中国经济的高速发展，中国重新崛起为世界第一大茶叶生产国。2019 年，中国茶叶年产量约 280 万吨，其中约有 1/3 用于出口，2/3 在国内消费，这也让中国同时成为世界第一大茶叶生产国和茶叶消费国。作为重要的经济作物，茶产业已经成为我国精准扶贫计划中的一个重要抓手。根据中国茶叶流通协会统计，全国已有 100 多个县开展了 2045 个茶叶扶贫项目，脱贫人口已达 77 万。做好茶产业扶贫，对于提高西南地区以及少数民族地区茶农收入，具有重要意义。

　　茶，集天时、地利、人和于一身，是山川土地的恩泽，更是大自然送给人类最宝贵的礼物。一杯好茶，既是人与自然和谐共生的杰作，同时也蕴含着劳动的艰辛和收获的喜悦。"采茶姑娘茶山走，茶歌飞上白云头。满山茶树亲手种，辛苦换得茶满园。"一首《采茶歌》，生动描绘出云南傣族采茶女们辛勤劳作的画面：她们穿梭在一行行茶树间，头戴斗笠，身背茶篓，灵巧的双手在茶冠上采摘绿茶的鲜叶。拥有万亩古茶园的澜沧拉祜族自治县景迈山，是云南普洱茶的重要产区之一。这里有世界上最古老的茶树以及悠久的制茶历史，当地茶农利用大自然恩赐的茶树资源代代传承着手工制茶的工艺。普洱生茶采摘后，还需经过鲜叶摊晾、杀青、揉捻、晒干、蒸压、干燥等繁杂的制茶工艺。其中杀青，也叫炒茶，是普洱茶制茶中最为关键也是最难的一道工艺。手工炒茶是一项体力活儿，茶人需要在温度高达 120℃的铁锅壁上，以每分钟不低于 40 次左右的速度用手在茶叶间翻炒、揉搓，以防炒煳。每锅茶至少耗时半个小时，要不停地翻炒，稍有停顿就会杀青不均匀。即使是技术规范、手艺娴熟的老茶人，工作 12 个小时也只能制出 20 斤顶级手工普洱茶。在今天的景迈山，现代化制茶设备开始运用于茶叶的加工生产，从而减轻了茶农的劳动强度。普洱茶工业和传统手工两种制茶方式，已成为当地支柱产业发展的两张名片。

　　如今，从上游种植采摘，中游生产加工，再到下游市场销售，全产业链已成为我国茶产业的核心竞争力。市场催生出的许多茶饮衍生品对中国

茶的继承性创新，也吸引着年轻一代的消费热情。此外，线上直播带货也成为茶产业的新潮流。随着线上交易市场规模的迅猛增长，线上销售已经成为后疫情时代营销模式的新常态。抗疫助农活动在多家电商平台的火爆，为帮助茶企、茶农破解销售难题打开新通道。茶文化和茶产业的良性互动，不仅让千万茶农家庭脱贫致富奔向小康生活，而且推动了中国茶走向世界。

茶行世界，共品共享

"茶马古道远，人间到天堂。"肆虐的塞外西风，崎岖的古道小路，负重的骡子马匹，经过了漫长的岁月，中国茶沿着茶马古道，从我国西南地区出发，通过马帮打破各国藩篱送至亚欧各国。来自中国的茶，最初是只有欧洲王室贵族才能享受的奢侈珍品，随着古丝绸之路和跨国贸易的发展，茶逐渐进入普通民众的日常生活。例如在 18 世纪末，仅英国人年消费茶叶总量就达到了 6800 吨，而当时英国的总人口还不足 5000 万，英国人将茶称作"温柔素纯而神圣的饮料"，中国茶的传入影响了几乎所有英国人的日常生活和文化习俗。在历史的长河中，中国茶不仅是中国与世界各国贸易往来的重要商品，茶文化也成为了中华文明传播于世界的重要象征。

历史进入到新时代的今天，由中国提出的"一带一路"倡议得到了越来越多沿线国家和地区的认同，开放的中国正在重新面向世界，茶和茶文化成为让"一带一路"沿线国家和地区贸易畅通与民心相通的桥梁和纽带。作为咖啡大国，在埃塞俄比亚的首都亚的斯亚贝巴陆续出现了专卖中国茶的茶馆，很多年轻人喜欢享受中国茶的风雅，痴迷于茶文化的博大精深。

2017 年 12 月，中国共产党与世界政党高层对话会在北京召开，来自 120 多个国家、200 多个政党和政治组织的领导人齐聚北京。会场上，两幅以茶为主题元素创意的海报令人印象深刻：其中的一幅构图是独具东方神韵的青花瓷茶杯，一品清茗呈现出世界地图的映像，寓指世界各国人民"共饮一泓水"；另一幅的构图是茶桌上中式、西式、阿拉伯式三种不同类型的茶杯共同出现，象征着不同的国别、文化传统以及意识形态的政党坦诚交流，杯中茶汤呈现的太极阴阳图形，则蕴含"和而不同""和谐相生""美美与共"等中国传统哲学观点。一杯茶的"和"意，让来自世界各国的政党领导人品得出，让全世界也体味得到。

中国茶文化的核心在于"和"，这也是中国儒家思想的精髓。以茶敬客、以茶赠友、以茶敦亲、以茶睦邻等，都体现了中国人"以和为贵"的深刻思想内涵。中国茶就像一张中国的国家名片，更像一座沟通中国与世界的文化桥梁，正积极承担新时代民族文化传播的重任。

2020 年 5 月 21 日，是联合国确定的首个"国际茶日"。国家主席习近平向"国际茶日"系列活动致信表示热烈祝贺，他指出，茶起源于中国，盛行于世界。联合国设立"国际茶日"，体现了国际社会对茶叶价值的认可与重视，对振兴茶产业、弘扬茶文化很有意义。作为茶叶生产和消费大国，中国愿同各方一道，推动全球茶产业持续健康发展，深化茶文化交融互鉴，让更多的人知茶、爱茶，共品茶香茶韵，共享美好生活。

茶香飘逸，美不胜收。源远流长的茶文化，是中国人永远的守护，也是全世界热切的向往。

绽放的美丽

唐诗《花开四季》有云:"正月百花云里开,二月杏花送春来。三月桃花红似火,四月芦花就地开。五月栀子心里黄,六月荷花满池塘。七月菱花铺水面,八月桂花满村香。九月菊花黄似锦,十月芙蓉赛牡丹。十一月无花无人采,十二月梅花斗雪开。"时序更替,花开不败。我国跨越了地球上大多数的气候带,历经亿万年的岁月沉淀,是世界上众多花卉植物的起源地和分布中心,拥有"世界园林之母"的美誉。

花,是植物生长过程中最为绽放的生命状态,不管是历经风霜雨雪的摧折,还是在自然的磨砺中生长,总能汲取生命的力量,绽放最美的瞬间,成就自身的芬芳。从兀自生长到人的悉心浇灌,从中国到世界,从远古到今天,这种对花的热爱引领着一代又一代人追寻它、观察它、研究它、萃取它,让花的美得以流传至今。

探寻中追求花之美

从高耸入云、寒风刺骨的雪域山峰到水草丰茂的沼泽湿地,从荒凉缺水的戈壁沙漠到湿热多雨、森林茂密的热带雨林,到处都能发现令人惊叹的美丽花卉,到处都能感受大自然造物的神奇。

兴起于隋朝,繁盛于唐宋的牡丹,被国人视为太平盛世与生活富贵的象征。历代园艺大师精心培育,牡丹珍品不断涌现。"一个物种决定一个国家的命运,一个基因影响一个国家的经济。"秉持这一信念的植物分类学家洪德元院士长期从事牡丹、芍药的研究。植物分类学家的任务就是把纷繁复杂的植物界分门别类一直鉴别到种,并按系统排列起来,以便于人

们认识和利用植物。通俗地说，就是将所有植物的种类、分布地域、生长环境、潜在价值了解清楚，为以后农业、医学部门的研究打下基础。耄耋之年的洪德元院士为了寻找牡丹，坚持攀上喜马拉雅山5200米的高度，不畏困境，一心向前，他自信满满地表示："凡是有牡丹、芍药生长的地方，都有我洪德元的足迹！"

芍药一般生长在灌木丛中，为了寻到法国科西嘉岛上的芍药，洪德元院士一行曾在长满硬刺的灌木丛中迷失方向，最后在满是刺的植物隧道里匍匐爬出，双腿被划得鲜血淋漓，而当时的洪德元院士已是60多岁的高龄。这种苦痛在发现岛上的芍药时瞬间烟消云散，洪德元院士表示为科学探索而经历的困苦是值得的，因为可以换得更有成就感的快乐。有人问他，如果把自己比作一种植物的话，会选什么植物，"那我就选择沙漠里的仙人掌，无论多恶劣的环境，都能生存"，洪德元院士希望自己具备顽强的生命力和坚忍的内心。正因如此，80多岁高龄的他如今依旧坚守在植物探索的一线，坚持在海拔5000多米的高山进行科考，在对科研的无限热爱中向我们展示了劳动奉献之美。

科研中发现花之奇

花儿吸引了人类的视线，也与人类社会的发展变迁休戚与共。在探究这些神奇物种的道路上，我们也收获了科学的发展。人与花，在荒野中相遇，在科学中相知。

在没有见到牡丹的真容之前，西方人痴迷于中国画中的牡丹花，认为牡丹和龙一样是中国虚构出来的花卉图腾。直到见到栩栩如生的花卉标本时，才知道了牡丹这种雍容华美的花竟是真实存在的。我国古人也极爱牡丹，诗词书画中留下了不计其数的咏颂牡丹的佳作，像"天下真花独牡丹""唯有牡丹真国色，花开时节动京城""何人不爱牡丹花，占断城中好物华"……正如诗句中所说的那样，牡丹美得流光溢彩，美得绚烂娇艳，美得名动天下。

为了揭开牡丹之美的奥秘，上海辰山植物园对其进行了基因组破译。通过深入研究牡丹基因组，进一步了解牡丹的前世今生。从一组数字对比中，我们就能感受到牡丹基因组的复杂程度——人类的基因组只有 3 个 G 的大小，牡丹基因组却是 15 个 G，是人类的 5 倍；人类的基因只有 2 万多个，牡丹的基因有 8 万多个，是人类的 4 倍。上海辰山植物园的袁军辉博士和同事们对牡丹基因组测序进行了长达 7 年的研究，从基因层面发现了重瓣牡丹花形成的机理：两个基因在同一个部位的共同表达，令牡丹的花瓣增多。袁军辉博士表示，基因组是一切信息的来源和基础，解析基因组就是解析遗传密码，从而能更全面地了解牡丹，了解牡丹如何在野外生存。

洪德元院士率领的牡丹、芍药科研团队于 20 世纪 90 年代开始调查和研究牡丹植物资源，通过广泛的野外考察、居群取样和统计分析，确认牡丹一共有 9 个野生品种，它们全部产自中国。通过转录组分析，科研团队开发出 25 个单拷贝核基因标记。利用这些基因标记，研究人员重建了 9 个野生种牡丹的系统发育关系。同时，研究人员通过比较分析叶绿体基因组，找出 14 个高分辨率的叶绿体基因。研究人员在对随机抽选的 47 个牡丹传统品种进行 14 个叶绿体基因和 47 个高分辨率的单拷贝核基因进行分析后发现，这些传统品种全部来自于我国中原地区的 5 个野生品种之间的杂交，而分布于西藏、云南和四川西北部的 4 个野生品种则未参与杂交。据宋代欧阳修的《洛阳牡丹谱》记载的花王牡丹形成的人文线索，居住在中原地区的先人喜爱牡丹，遂把附近不同的野生牡丹品种引入庭院栽培，这为在野外互不相遇的品种创造了相遇并发生天然杂交的机会，导致种间遗传整合，使后代的花色、花形千变万化。因此，传统牡丹品种汇集了中原地区 5 个野生品种的遗传资源，从而解释了花王牡丹如此姹紫嫣红的原因，揭开了传统牡丹品种来源之谜。

一花一世界，每一朵花的背后都隐藏着神奇的进化历程，在人类和进化的共同作用下，繁衍出各种各样我们所喜爱的品种。借助科学的力量，我们发现这种美、研究这种美、留存这种美，实现花与人的和谐共生。

收获中感受花之惠

从古至今，中国人不仅种植、培育、采集、观赏着花儿，还熬制、萃取、酿造、加工着花儿，用朴素的工艺将美丽的花卉转化为各种奇妙的食材和药物，通过辛勤劳动创造美好生活。

在北纬 30° 至北纬 45° 区域内，自东向西分布着中国的山东平阴县、甘肃苦水镇、新疆和田市以及巴基斯坦、伊朗、土耳其、保加利亚、法国及摩洛哥等国家和地区，是世界玫瑰产业集中种植加工生产区，形成了"一带一路"玫瑰产业经济带。苦水玫瑰距今已有 200 多年的栽培历史，随着时代的发展和苦水玫瑰的深层次开发，其经济价值和社会价值日益突显，对当地农民的生活产生巨大的改变。苦水镇农民施秀英抓住机遇，成立以大规模玫瑰种植产业为主的科技公司，带领当地群众以花致富。作为土生土长的苦水人，施秀英说："兰州的特点是一条河（黄河）、一碗面（牛肉面）、一本书（《读者》），我想给兰州再加上'一枝玫瑰'，让苦水玫瑰飘香万里。"

在 6 个月的时间里，施秀英独自驾车跑了 3 万多公里，寻找适合玫瑰生长的最佳土壤。公司成立之后的第一步就是改变花农原有的种植方式，采用科学方法种植。起初，施秀英的决定遭到花农的抵触。但实践证明，按照科学方法培育的玫瑰，无论是品相还是质量均为上乘，而且能够带来更高的经济效益。

在玫瑰种植过程中，施秀英为了解决玫瑰花含油量低的问题，决定施用农家肥，于是她开始在种植园里饲养生态鸡。如此一来，鸡的粪便可以供应玫瑰所需的有机养料，而玫瑰采摘后剩余的花蕾又可以磨粉入水成为鸡的日常生态饮品，一个"零污染"的玫瑰种植循环经济链也因此建成。而企业呢，不仅有了玫瑰花，还有了"玫瑰鸡"和"玫瑰蛋"。施秀英还和自己的团队利用从瑞士引进的先进技术，研发出了可以直接涂抹皮肤的玫瑰精油，独创性地研制出了"玫瑰花冠茶"——风干的玫瑰干花，在遇水的瞬间如鲜花般绽放，美不胜收。

通过规模化种植苦水玫瑰，当地形成了以玫瑰种植为支柱的"企业＋农户＋基地"的产业发展模式。农民一方面通过土地流转获得一定的流转费，另一方面到玫瑰种植基地参与除草、摘花、晾晒玫瑰等劳务活动，获得相应的报酬。苦水玫瑰一年只有一季，花期只有短短不到 20 天的时间。每到 5 月下旬玫瑰盛开的时节，也是苦水花农们最为忙碌的时候，从早上 5 点一直采摘到晚上 8 点左右，辛劳中饱含着对生活的美好期望。

花开四季，花开中国。不同地域的中国人借助这片热土所特有的花卉就地取材，创造性地将花朵的物性转化为各种令人叹为观止的药物与营养，被世人叹服和喜爱。花儿以其顽强的生命力穿越时空，承载着博大精深的中华文化，展示源远流长的中华文明，为人类带来福祉。

滴滴香醇，独领风骚

中国古法酿酒讲究"天时"，从夏做酒药、秋制麦曲、冬酿新酒，直到春分破晓时节封坛结束，历经 30 余道手工程序，漫长的等待与繁复的过程，只为将一粒米酿制成一滴好酒。一坛好酒，蕴藏的不仅有天地之精粹、四季之冷暖，更有酿酒匠人精湛的技艺与手心的温度。

中国是酒的故乡，中国酒文化以其历史悠久、博大精深而在世界酒文化中独领风骚。2015 年 2 月，经由中国科学院自然科学史研究所专家近一年半的集体调研，酒的酿造被评选为 85 项"中国古代重要科技发明创造"之一。从古至今，酿酒不仅是中国人世代相传的古老技艺，而且已深深地融入中华民族的血脉与文明之中。作为非物质文化遗产的典型代表，黄酒和白酒都是中国所独有的，更是中国酒文化最鲜明的两个符号。

何以解忧，唯有杜康

黄酒是世界上最古老的酒种之一，它与啤酒、葡萄酒并称为"世界三大古酒"，以酒性和顺、酒味醇美、酒体丰满而在世界酒坛中独树一帜。米为酒之肉，曲为酒之骨，水为酒之血。上好的黄酒需采用稻米、黍米等优质米类，经加曲、酵母等天然发酵，取鉴湖水之精华，经由浸米、蒸饭、落缸发酵、开耙、入坛发酵、煎酒等繁复工艺，方才酿造出这一中华民族所独有的人间佳酿。不淡不浓的黄酒，恰与中国人淳朴醇厚的中庸气质相吻合。

东汉许慎《说文解字》载："杜康始作秫酒。"杜康，又名少康，夏朝国君，道家名人。据说黄酒最早的发明者是杜康，故杜康被后世尊为酒

圣。曹操在《短歌行》中的名句"何以解忧？唯有杜康"，更是让杜康成为了酒的代名词。然而，古人对杜康发明黄酒的说法也存在疑问。例如，晋代江统在《酒诰》中记载："酒之所兴，肇自上皇。或云仪狄，一曰杜康。"由此推测，早在三皇五帝时，华夏大地就有了酿酒之术。现代科学研究发现，早在8000年前中国古人就已开始酿造含酒精饮料，中国人酿酒的历史仅次于其栽培水稻（距今不少于1万年）以及驯化家猪（距今已约8500年）的历史。据河姆渡遗址考古发现的谷米和陶制酒具考证，早在5000年前河姆渡（今浙江省境内）一带即已出现人工发酵酒。绍兴黄酒与中国酒的历史起源缠绕在一起，悠久而神秘。

酒，与绍兴有着不解之源。中国是酒国，绍兴是酒乡。越王勾践卧薪尝胆，率领三千铁甲出征吴国前，饮的就是越地百姓自酿的黄酒，后来大破吴军复建越国。东晋王羲之于醉意微醺之时，写下千古奇书《兰亭集序》，自此"绍兴酒、兰亭帖、曲水觞"成为历代文人骚客的雅趣。清朝乾隆南巡江南，品尝绍兴酒后，龙颜大悦，钦定东浦花雕酒为朝廷贡品，并赞誉"越酒行天下，东浦酒最佳"。

1915年，绍兴东浦酿酒大师周清接任云集酒坊第5任掌门人。当听说首届"巴拿马太平洋万国博览会"在美国旧金山举行后，周清携带其精心酿制的4坛绍兴黄酒漂洋过海前来参赛。那琥珀色的液体、浓郁芳香的酒味，彻底征服了万国博览会挑剔的评委，从而夺得一枚国际金奖，自此绍兴酒扬名海内外。1949年4月，中国人民解放军打响渡江战役，绍兴人民迎来了解放。1951年，云集酒坊经过公私合营改名为"绍兴县公营云集酒厂"。1967年，更名为"绍兴东风酒厂"。改革开放以来，绍兴东风酒厂通过引入外资，并不断深化企业改制，于2005年更名为"会稽山绍兴酒有限公司"，并于2007年成立"会稽山绍兴酒股份有限公司"，正式启动股份制进程。2014年，该公司在上海证券交易所成功挂牌上市。

生于1954年的金良顺14岁便来到这家酒厂，从普通学徒工成长为一名高级工程师。金良顺率先提出"传统工艺、现代工具、智能控制"的制酒理念，推动了黄酒传统酿制工艺的创造性变革，其主持和参与研发的科研项目两次被评为国家级新产品，7 次被评为国家重点新产品，多次获国家及省部级科技进步奖，引领了国内黄酒自动化、智能化生产线的革命。

如何让古老的黄酒适应今天市场的变化，让现代人喜爱这秉承自然、回归淳朴的味道？如何让中国的黄酒走向世界，让国际友人喜欢并接纳这细腻醇厚的酒香？现代黄酒制造企业已不再是"酒香不怕巷子深"，而是"酒好也需叫卖声"，大力宣传中国的黄酒文化，不断改革创新，积极打造黄酒品牌。同时，针对现代人口味的变化，在继承古法的基础上引入高科技和新技术，开发出低度酒精营养酒产品。2016 年，在 G20 杭州峰会多个隆重的餐饮场合，"典雅 30 年陈花雕酒"被摆上餐桌，浓郁醇厚的酒香，古朴典雅的仿宋瓷瓶，琥珀般透亮的酒色，引得来自世界各国的宾客赞不绝口。

国酒茅台，香飘万里

作为大曲酱香型白酒的鼻祖，茅台酒产于贵州省仁怀市茅台镇，以云贵高原原产的优质糯红高粱为原料，以泥底窖池为酒酵容器，以"酱香突出，幽雅细腻"为特点，一直享有盛誉。茅台酒多次荣获国际酒界金奖，并与法国科涅克白兰地、苏格兰威士忌并称世界三大（蒸馏）名酒。

据《史记》记载，西汉南越国（今贵州仁怀市）盛产绝美的"枸酱酒"。清代《旧遵义府志》记载，"茅台烧房不下二十家，所费山粮不下二万石"，可见当时茅台酒业的繁荣盛况。然而，从汉代直至清末，当时有身份的社会中上层大多饮用黄酒，文人墨客在诗词歌赋中所赞颂的也多为黄酒，宫廷用酒也以黄酒为主，因此有"黄酒价贵买论升，白酒价贱买论斗"的民间俗语。而从民国初年至新中国成立，持续多年的战争令中国酒业悄然发生变化，曾更多为坊间百姓所喜爱的白酒，也开始得到社会各

阶层的认可，国人逐渐改变原有的味觉记忆，更为适应口感更重、味道更浓、刺激更强的高度烈酒。战争年代，浓烈的茅台酒既是壮士们的死别之酒，也是英雄们的凯旋之酒。1935 年 3 月，中央红军四渡赤水，成功地粉碎了敌人的围追堵截，到达茅台镇时已极度疲惫。根据耿飚将军回忆："指战员向老乡买来茅台酒，会喝酒的组织品尝，不会喝的装在水壶里，行军中用来擦腿搓脚，舒筋活血。"当时，国民党反动派在报刊上发表文章，污蔑红军在茅台酒的酿酒池里洗脚。黄炎培先生挥笔写下一首《茅台诗》，嘲讽国民党反动派的无知："喧传有客过茅台，酿酒池里洗脚来。是真是假吾不管，天寒且饮两三杯。"1949 年，新中国成立在即，周恩来总理亲自指定茅台酒为开国大典的"国宴用酒"。至此，茅台美名天下扬。1951 年，荣和烧房、成义烧房、恒兴烧房经赎买及合并组建为"国营仁怀酒厂"。1997 年，成功改制为有限责任公司。1999 年，贵州茅台酒股份有限公司正式成立，并于 2001 年在上海证券交易所挂牌上市。

茅台的成功，离不开"坚守"二字。生于 1939 年的季克良，是茅台酒发展历史上的一个里程碑式的人物，他是国家级非物质文化遗产传承人，更是世界级的酿酒大师和著名的白酒专家。从普通科研人员到酒厂厂长、茅台酒历史上第一位总工程师，从青春年少到白发老人，季克良用 50 逾载岁月的坚守成就了茅台酒厂，用现代微生物工程科技理论解读出茅台酒的历史与酱香。2012 年全球白酒发展论坛上，季克良带领科研人员破析出的茅台酒中有近千种芳香物质和微生物，让茅台酒成为世界蒸馏酒之"最"，为中国白酒赢得世界之美誉。以季克良为代表的茅台酒人始终坚持古法酿制，坚持酱香白酒，恪守储存时间，这种对传统工艺的坚守，是茅台酒长期以来始终品质如一、被海内外消费者所追捧的根本原因。

茅台酒的工艺古老而悠久，被称作中国白酒工艺的"活化石"。茅台酿酒取法于自然天地，采用的是独特的高温制曲、高温发酵、高温接酒的工艺。酿酒程序遵循四季时节，端午踩曲、重阳投料，经过 9 次蒸煮、8

次发酵、7 次取酒、3 年以上的陈坛贮藏、2 次投料、1 年成品勾兑，方得以酝酿。人工踩曲在茅台镇中已有 600 余年的历史，这种踩曲工艺颇为讲究：踩曲者必须是窈窕健康的青年女子才能胜任。这是由于女子的足部出汗较少，从而避免破坏酒曲的酸碱平衡；妙龄少女轻盈的体态、力度刚好能踩出标准的龟背型曲块。直到今天，踩曲工作仍要求女工们具备超常的体力和娴熟的技术：凌晨四五点天还未亮就要起床到岗，经过严格消毒后在湿热的车间内工作一整天，踩出的曲块需控制在 13 厘米 ~14 厘米见方，从而成型龟背状的曲块。滴滴香醇的茅台酒，不知凝聚着多少制曲女工的心力和汗水，也是多少代酿酒匠、品酒匠、检验师傅和勾兑师傅的劳动结晶。

从春夏到秋冬，从一粒米到一滴酒，汇集了一代又一代酿酒工匠们的辛勤劳动。当我们举起酒杯畅饮美酒时，端起的不仅是集天地五谷之灵气的琼浆，也是历经匠心打磨和历史沉淀的佳酿。历史上，中国酒曾一路沿着西南地区的茶马古道由陆上传播，一路经由"海上丝绸之路"向东南亚传播，西出戈壁黄沙，东破万里波涛。现如今，中国酒及酒文化正伴随着"一带一路"走出国门，成为中外文化交流互鉴的重要纽带。

最是人间烟火气

民以食为天，有人的地方就有炊火。中国幅员辽阔，地域差异显著，孕育出源远流长的灿烂文明，也造就了多样的饮食文化。从山地到平原，从海洋到沙漠，人们因循自然，通过对食材进行提炼，获取营养和美味来慰藉人生。中国素来就有"南米北面"之说，口味上亦有"南甜北咸东辣西酸"之分，甚至于每座城市都有着自身独特的味蕾印记。美食与文化、古老与现代相结合，传承着中国味道，也讲述着勤劳智慧的中国人民耕种、烹饪和创造美食的故事。

顺时而食稻香村

讲究时令变化是我国饮食文化的一大特色。早在 2000 多年前，宫廷中就有"荐新""尝新"的活动，配之四季食单。据《礼记》记载，一年四季每月都会有时鲜美食，主料优选，配料也讲究时节相宜，如书中所记"脍，春用葱，秋用芥；豚，春用韭，秋用蓼"。四季轮回里，人们春种、秋收、夏耘、冬藏，沿袭着祖先的饮食智慧，寻找每个季节所特有的美食。

"天人合一，顺时而食。"老字号食品店北京稻香村在这一古老智慧的启发下，随着二十四节气的更替，推出了清明的青团、谷雨的椿芽酥、立夏的青梅饼、芒种的乌梅酥、大暑的荷叶饼等广受消费者欢迎的时令点心。二十四节气是我国劳动人民千百年来智慧的结晶，通过对于太阳、天象的不断观察、分析和总结而成，包罗万象，上至风雨雷电，下到芸芸众生，是我国传统文化中的一颗璀璨明珠。稻香村将传统文化引入饮食文化之中，通过走访 10 余位民俗专家和养生学家，查阅了大量的相关资料，

进行上百次的实验，研发出二十四节气养生食品，实现了美食与二十四节气巧妙融合，引起了社会的强烈反响，也成为了传统糕点企业的一大创新突破。

稻香村这三个字取自"稻花香里说丰年，听取蛙声一片"，寓意五谷丰登、年岁太平。北京稻香村作为我国独具特色的老字号品牌，始建于1895年，历经100多年岁月，至今仍然枝繁叶茂长盛不衰，这是稻香村对"厚道做人，地道做事，成人达己，追求卓越"这一经营理念的坚守和弘扬。重阳花糕一直是北京稻香村备受欢迎的明星产品。重阳花糕外观为三层，入口即可品尝到面皮、桂花、枣泥饼、青梅、桃脯、核桃仁、山楂糕共7味食材。在制作上，需要师傅们几十年如一日，和面、包酥、下剂等23道工序纯手工制作。每一个工序的叠加，才形成了北京稻香村重阳花糕的美观外形和正宗味道。也正是这种精益求精的态度和工匠精神，构成了北京稻香村的灵魂所在，使得老字号企业得以历久弥新。

一颗"匠心"，追求极致、精益求精，满腔热忱服务人民群众，爱岗敬业诠释"工匠精神"——北京稻香村，令人百吃不厌、百尝不倦。在平凡中坚守匠心，是这家中华老字号对传统文化恪守初心的传承与延续，是北京稻香村人在不断奉献中绘就的五彩画卷。

守正创新全聚德

如果城市会说话，那么美食就是它的语言，每座城市都有属于自己的"舌尖记忆"。川菜的麻辣，粤菜的清淡，淮扬菜的鲜美……北京，更是八方美食的荟萃之地，但有一样经典名吃，却备受古今中外人士的追捧，这就是北京烤鸭。俗话说，来北京三件事"登长城、逛故宫、吃烤鸭"。这小小的鸭子，已然和长城、故宫一道成为了北京的一张名片，几乎每个人第一次到北京，都会专门寻找和品尝北京烤鸭这道美食。

"金炉不灭千年火，银钩常挂百味鲜。"提到烤鸭，自然离不开众多的名家名店，而其中的全聚德则是一个人人知晓的名字。全聚德虽然不是经营北京烤鸭最老的字号，但却是知名度最高、誉满全球的字号，曾一度与新中国的外交事业紧密相连。周恩来总理一生中曾有27次在全聚德宴请外宾。1957年，在宴请西罗基总理率领的捷克斯洛伐克政府代表团时，有外宾询问全聚德为何意，周恩来总理略加思索后说："'全聚德'文意尚佳，全是全而无缺；聚是聚而不散；德是仁德至上。"1971年，中美两国关系尚未破冰，美国国务卿基辛格秘密访华，尽管行程涉密，但周恩来总理仍然在全聚德宴请了基辛格。1972年2月，美国总统尼克松访华，开启了中美外交的新时代，周恩来总理依然宴请的是全聚德烤鸭。1993年4月，离任后的尼克松重访中国，还特意到全聚德品尝了烤鸭，重温当年的经历与记忆。全聚德，由此见证了共和国的一段外交风云。

全聚德烤鸭香飘万里，离不开烤鸭师傅几代人兢兢业业、精益求精的技艺传承。全聚德挂炉烤鸭的技艺源自宫廷，从当年御厨师傅的单杆相传，到现在的发展壮大，历经7代烤鸭师傅们的传承与坚守——烤制时以果木为燃料，用明火烤制而成，31道烤制工序环环相扣，道道有学问、有讲究，才令出炉后的烤鸭肉质鲜美，香而不腻。

2008年，作为传承中华饮食文化的百年老字号，皮酥肉嫩、色泽漂亮、香味悠长的"全聚德烤鸭技艺"被列入《国家级非物质文化遗产名录》。正是全聚德烤鸭师傅们长久的坚守与讲究，让我们品尝到烤鸭的至尊美味——第一口咀嚼到鸭皮里的那"一滴油"，果木的香，皮子的酥脆，进而是嚼出的那股清油儿，润润的滑到嗓子眼儿里，香的令人回味无穷、赞不绝口。这种守正创新的精神，也令历经150多年的全聚德虽几经沉浮，却总能在困境中峰回路转、重现生机。

人间至味在故乡

中国饮食文化的历史，几乎与中华文明本身的历史一样悠久绵长，它

是中华各族人民在生产和生活实践中，在耕种劳作、食源开发、烹饪技法、食具研制、营养保健、审美情趣、礼制文化等方面创造和积累的物质财富和精神财富。在中国，饮食具有巨大的渗透力和包容性，它与历史、文学、艺术、节日、风俗、礼仪、生产、审美、医药、经贸、教育、民族，甚至与生活态度、思维方式都紧密联系。

我国幅员辽阔，水土多样，资源丰富，各地的气候、物产、历史、风俗不同，经过漫长历史演变，孕育了独具特色并丰富多样的中华美食。"一方水土养一方人。"天南海北的生活状态和方式存在一定的差异，在饮食上自然形成了各自自成体系的烹饪技艺和多元的风味——东北地区饮食丰富、大方，多以"大"为盛，像"大葱、大酱、大饼"，引申到日常生活中对人的称呼也变成了"大丫头、大小伙子、大老爷们儿"，但又因气候寒冷潮湿，故东北人嗜肥浓、重油重盐；华北地区民风俭朴，讲究实惠，以面食为主，喜好鲜咸，菜名朴实，造型大方，体现黄河流域的文化特色；华东地区尚美食、重养生、突出时令，讲究"多吃少滋味、少吃多滋味"，推崇文人雅士的饮食风格，强调"冰盘牙箸、美酒精肴""疏泉叠石、清风朗月"，美食与意境相伴；中南地区气候湿热，食性偏杂，"花草蛇虫，皆为珍料，飞禽走兽，可成佳肴"；西南地区则有"料出云贵""味在四川""吃在重庆"的说法，饮食习惯爱辣、喜酸，偏好复合味，小吃以米制品为主，像糍粑、米线等。

"食不厌精，脍不厌细。"中国有八大菜系：鲁菜、川菜、粤菜、苏菜、闽菜、浙菜、湘菜、徽菜，食物制作技法丰富，令人叹服。拿刀工来说，有直刀法、片刀法、斜刀法、剞刀法和雕刻刀法……把原料加工成片、条、丝、块、丁、粒、茸、泥等多种形态，还有艺术性强、形象逼真的花式拼盘。烹饪技法更是中国饮食的一门绝技，炒、爆、炸、烹、溜、煎、贴、烩、扒、烧、炖、焖、汆、煮、酱、卤、蒸、烤、拌、炝、熏，以及拔丝、蜜汁、挂霜等，令人眼花缭乱。

"一粥一饭，当思来处不易；半丝半缕，恒念物力维艰。"每一道美食的背后，总是离不开辛勤的劳作。即便是一根小小的面条，从小麦的种植到面粉的加工，再到面条的制作和烹饪，需要有人播种、有人收获、有人碾磨面粉、有人和成面团直至加工成型，无不承载着劳动人民的付出和汗水。全国各地都有自己的特色面食，除北京炸酱面、山西刀削面、两广伊府面、四川担担面和武汉热干面这五大名面之外，像河南烩面以及兰州拉面和岐山臊子面等俱是名扬海内外，真可谓"面面"俱道！不同的制作工艺，展现的是不同地域人民的劳动智慧，而恰恰是这种从获取到上桌背后的不动声色和艰辛，才展现出真正的人间烟火气。

　　令人牵肠的美味不仅触动着人的味蕾，更记载着浓浓的乡愁。无论饮食风俗如何各具特色，滋味各有千秋，都凝结着中国人的生活智慧，寄托着浓浓的故乡和人文情怀。我们回味一道菜，不只是回味它的味道，也想念那做饭的人，回味共同操持和享用一桌饭的欢乐时光，回味那隐匿在饭菜之中的用心和情感。"我很想喝一碗咸菜茨菇汤。我想念家乡的雪。"汪曾祺写出了远在他乡的游子对家乡食物共同的情愫。不管身在何处，一碗红烧肉、一份炒面片、一个烧饼甚至是一碟小咸菜，都有着令人魂牵梦萦的情愫。难怪海外游子说，当一盘炒合菜端上来时，瞬间会被击中，让人泪奔。这是我们内心深处最柔软的地方——乡愁，只因是家乡所独有的，浸润着人们对家乡的思念。最好吃的食物，永远是用心烹饪的美味；最好的东西，永远是故乡的东西。

荅去浆飞白练柔

如果必须在博大精深的中华美食中挑选一个作为唯一代表，恐怕是最有经验的老饕也难以做出绝对令人信服的选择。"安身之本，必资于食。"中国人用自己的辛勤和智慧，将许多原本不起眼的原材料，摇身一变，成为了餐桌上让四方宾客大快朵颐的美味佳肴。而在这诸多有关美食的神奇转化中，豆腐大概会是必不可少的一样。它可能是年幼生病时母亲端上的一碗鲫鱼豆腐汤，也可能是求学苦读时用以解馋的一包香辣豆腐干；可能是开春时街坊四邻熟悉的香椿拌豆腐，也可能是冬至前江南小镇热腾腾的胡葱笃豆腐；可能是朱自清笔下冬天"小洋锅"中的白水豆腐，也可能是汪曾祺口中"寰中一绝"的豆腐宴……从嘴里到心里，我们有关豆腐的记忆总是软软的，暖暖的。

卤水中的神奇变化

说起豆腐的起源，大多数的故事中都出现了一个相同的人物——西汉淮南王刘安。宋代文人朱熹曾写过一首《素食词》："种豆豆苗稀，力竭心已腐。早知淮南术，安坐获泉布。"朱熹还在这首小诗的结尾添加了自注："世传豆腐本为淮南王术"。李时珍在《本草纲目·谷部豆腐》中也曾记述道："豆腐之法，始于前汉淮南王刘安。"这些古文记载，都印证着刘安作为豆腐发明者的历史地位。相传 2000 多年前的西汉时期，淮南王刘安痴心于求仙问道，以求获得长生不老。一次偶然的操作"失误"，他将原本用于炼制丹药的石膏不小心滴入了乳白色的豆汁之中。误打误撞间，世界上第一块豆腐就这么神奇地诞生了，并由此登堂入室，成为祖祖辈辈中国

人生活中必不可少的滋味。

时至今日，在淮南王的封地——安徽寿县的八公山，当地的居民们还世代恪守着制作豆腐的传统技艺。虽然刘安并没有能亲自实现他长生不老的梦想，但这块穿越数千年的豆腐却依然活跃在中国人的厨房里，并不断变化出新的花样与能量。豆皮、百叶、腐乳、豆干、千张、干丝、豆花，还有总会让南北方人们为甜咸口味争个面红耳赤的豆腐脑。现实中的豆腐呈现出各种形态，慷慨地满足着我们的口腹之欲。虽然古人没有发达的技术手段和现代化的科学体系，不了解蛋白质、氨基酸这些微观的营养成分，但是在漫长的农业社会里，豆腐的营养价值已经被人们悉心发掘。易消化的植物蛋白、丰富的亚油酸，为古往今来的中国人默默提供着养分与动力。在那些个肉制品并不充裕的年代里，豆腐成为了百姓生活中必不可少的能量来源。

俗话常说："卤水点豆腐，一物降一物。""心急吃不了热豆腐。"制作豆腐的工艺可不仅仅只是那看似闲庭信步的点卤，每一个环节都影响着最后的豆腐质量。从前期的清理浸泡黄豆，再到初步的磨浆、过滤、煮浆，之后就是关键的点卤凝固，最后经过压制切割，才有了厨房里那白白嫩嫩的一小块豆腐，才有了大厨手中煎炒炸拌的无限可能。虽然机械的广泛运用使得豆腐的生产工艺越来越向着统一化、标准化不断迈进，但许多小镇小巷依然有许多招牌店铺保留着最传统独到的手工制法，从黄豆的挑选、豆浆的磨制到盐卤的配方，乃至于最后压制挤水的力度和比例，都需要人的精心和静心，每一位豆腐匠人都有着自己不轻易外传的独特秘诀。

为了不让每天晨曦里的第一拨老主顾失望，许多豆腐匠人都从前一天晚上就开始忙活筹备，亲手挑选饱满丰盈的豆子，后半夜就起身亲力亲为，郑重期待着晶莹剔透的豆腐从混沌的浆水中慢慢沉淀，就好像是从黑暗蒙昧中慢慢浮现出的新一天的曙光。天刚蒙蒙亮，街头巷尾一碗碗香喷喷的豆花便已出锅，等待着鱼贯而出奔走劳作的街坊乡亲们。一声声带着乡音的亲切叫卖，唤醒了沉睡着的城镇，崭新忙碌的一天就这么紧凑着从豆腐匠人手中正式开启。

餐桌上的无限可能

要说起和豆腐相关的经典美食，红遍大江南北乃至走出国门的麻婆豆腐大概会是当仁不让的头名。无论是在居家日常的便饭里，还是在酒楼的高档宴席上，一盘冒着热气的麻婆豆腐总是能在一刹那勾起胃里的馋虫。麻婆豆腐的特色在于麻、辣、烫、香、酥、嫩、鲜、活 8 个字，嫩滑的豆腐与筋道的肉末形成了绝妙的搭配，再加上香气浓郁的豆瓣酱，鲜艳明亮的色泽让人不觉垂涎欲滴，搭配上一碗再普通不过的白米饭，即能成为万千劳动人民的一顿实惠而又可口的午餐。

据说在清朝同治年间，四川成都万福桥是往来客商和挑夫们必经的歇脚之地，店主陈春富和他的妻子在这里苦心经营着一家名叫"陈兴盛饭铺"的餐馆，后来陈春富不幸去世，店里的大小事务就由陈氏老板娘一手操持。苦力之人通常囊中羞涩，却又食量惊人，淳朴善良的老板娘以物美价廉的豆腐为主要食材，搭配上些许牛肉末，逐渐开创了这一道深受当地人喜爱的菜肴，餐馆的名气也越来越大。由于老板娘脸上长着些许麻斑，人们便把这道菜称之为"陈麻婆豆腐"，口耳相传又简化成了"麻婆豆腐"。随着挑夫与货商的足迹遍布天南海北，麻婆豆腐的名气也流传到了五湖四海，最终成为了今天川菜的金字招牌，乃至于是中国饮食文化的重要代表之一。

在漫长的历史进程中，这位陈氏老板娘甚至都没有留下自己的姓名，但这道香喷喷的麻婆豆腐却一直流传至今。它慰藉了数不清的平凡挑夫货商，进而哺育着日新月异的天府之国，润物无声地滋养着时代的进步与发展。时至今日，国外街头那正宗抑或不正宗的中餐馆里，总有麻婆豆腐无法取代的一席之地。一盘麻辣鲜香的麻婆豆腐，依然是无数海外游子魂牵

梦萦的精神寄托。

饮食挑剔的中国人并不会满足于味觉与嗅觉的享受，色香味俱全才是对一道美食最高的赞美，而细滑软绵的豆腐也成为了检验大厨刀工的一道考题。勤劳智慧且充满创意的厨师们也从不会让人失望，从平凡无奇的长正方体，再到令人咋舌赞叹的各种造型，豆腐在大厨手中经历了又一次神奇的转化。

以中华名菜菊花豆腐为例，手起刀落，一块不足巴掌大的豆腐如行云流水般被雕琢出了丝丝花瓣，放到清汤里随着水波漂动，让人不忍下口。若是下刀用力过猛，这朵花将不再完整；若是切得过浅，那花朵将全无轻盈灵动之感。刀工最厉害的大厨甚至可以用这切出来的豆腐细丝穿过针眼，整块豆腐在水中宛若一团曼妙的蒲公英。而在淮扬地区，大厨可以将一块普通的豆腐干切成薄如蝉翼却又吹弹不破的豆腐皮，进而切成细如发丝且大小均匀的豆腐丝，再配以火腿、香菇、木耳，经高汤烹制成为一碗入口即化、令人回味无穷的文思豆腐羹。数年的潜心磨炼转变为了出刀时的成竹在胸与气定神闲，这时候的厨师，更是一个登峰造极的生活艺术家，用辛勤劳动诠释着他们对于美的理解，传递着他们对于美的信仰与崇拜。

然而，并不是所有的豆腐菜肴都会向着同一种美的方向努力，其中臭豆腐可能是豆腐界一个特立独行的存在。乍一看黑黢黢的其貌不扬，闻着气味让人一言难尽。厌恶的人唯恐避之不及，遑论想要尝试一下味道的冲动；可喜爱的人却将其捧在手心，一块接着一块欲罢不能。南京夫子庙的臭豆腐干是小方块，用竹签像冰糖葫芦似的串起来卖；昆明的臭豆腐不用油炸，在炭火盆上搁一个铁篦子，臭豆腐干放在上面烤焦，别有风味。可无论是哪个城市，臭豆腐的出现都一定伴随着浓郁的烟火气，折射着这个城市喧嚣而又温和的一面。

华灯初上，都市里忙碌了一天的人们卸下工作的重担，三三两两来到街市，和远道而来的游客们一起，在不知名的臭豆腐摊前排起长龙。初夏的风夹杂着一丝暑热，轻盈地掠过每个人的发梢。来一块刚出锅的臭豆腐，蘸一下丰富浓郁的酱汁，咸鲜香辣的口味似乎可以中和掉生活中所有的烦恼，即使被烫着嘴了也依然和朋友嬉笑怒嗔着要再来一块。臭里带香，不那么令人愉快的气味之后留下的却是无穷的回味，这种最为酣畅淋漓的享受，竟掩藏在这么一块不起眼的臭豆腐里。

食物外的深刻智慧

豆腐不仅是中国人餐桌上的一道菜肴，更深刻地影响着华夏儿女的日常生活与处世智慧。"小葱拌豆腐———清二白。"这既是这道家常凉菜的色彩，也是中国人为人处世的基本原则。评价他人时我们也常说"刀子嘴豆腐心"，透过表面犀利严苛的言语，我们更加珍惜对方内心那份带着含蓄的善良与温暖。可剩下的豆腐就没有那么好的命运了，不是掉进了灰堆里（吹也吹不得，打也打不得），就是被头发、丝线之类的给时不时地穿一下（提不起来），或者是和骨头鸡蛋之流打个不可开交（欺软怕硬），甚至作为近亲的豆腐渣在各种俗语歇后语中成为了质量差、瞎糊弄的代名词。可豆腐虽不在乎自身的形象，也从不斤斤计较，不作攀比，却也不甘堕落，依旧默默无闻地为辛勤忙碌的人们提供着丰富美味的菜肴———也像极了历史长河中每一个劳作奋斗的普通人，带着最善良和朴实的心，用双手创造出最美丽的生活，谱写出最恢宏的历史画卷。正如梁实秋先生在他的散文《豆腐》中写道的那样："我常看到北方的劳苦人民，辛劳一天，然后拿着一大块锅盔，捧着一黑皮大碗的冻豆腐粉丝熬白菜，稀里呼噜地吃，我知道他自食其力，他很快乐。"

汪曾祺曾写过一首诗，名为《豆腐》。

淮南治丹砂，偶然成豆腐。

馨香异兰麝，色白如牛乳。

迄来二千年，流传遍州府。

南北滋味别，老嫩随点卤。

肥鲜宜鱼肉，亦可和菜煮。

陈婆重麻辣，蜂窝沸砂锅。

食之好颜色，长幼融脏腑。

遂令千万民，丰年腹可鼓。

多谢种豆人，汗滴其下土。

臻于严选，有了一粒粒精致的黄豆；忠于初心，磨出了一块块白嫩的豆腐；匠人技艺，让舌尖享受到豆的美味。豆腐这一大众食品，不仅承载着浓浓的百姓情怀，更承载着朴素、淡雅、方正的中国文化。

第三篇章

劳动美丽

践行奋斗之美

汗水洒田野，飞船遨苍穹。

高桥通天堑，深海潜蛟龙。

那里有我们勤劳的身影，

那里有我们创新的劳动。

劳动托起中国梦。

中国梦，幸福梦，富强梦，

实现梦想靠劳动；

中国梦，你的梦，我的梦，

共同筑起中国梦。

——《劳动托起中国梦》歌词节选

新中国的建筑与建设者

被誉为"中国近代建筑之父"的梁思成先生曾言："建筑是民族文化的结晶，是凝动的音乐，是永恒的艺术。"建筑最能代表一个民族的思想与文化，具有近 5000 年历史的中国古建筑是中国古代传统建筑艺术的结晶，而近现代中国建筑则深深地打上了革命文化与社会主义先进文化的烙印。

回望新中国成立 71 年来的建筑史，一栋栋新式建筑在华夏大地上拔地而起，"中国速度"与"中国精度"不断令世界惊叹。这些建筑，不仅是中国现代化进程的一面镜子，也是中华民族从站起来、富起来到强起来的一座座里程碑。铸就这些时代丰碑的，是一代又一代共和国的建设者们对理想信念的执着坚守，是对工匠精神的生动诠释，是对祖国人民的无私奉献。

人民的殿堂——人民大会堂

人民大会堂位于北京中轴线西端，每当全国人大、全国政协"两会"召开之时，代表们从祖国四面八方来到这座带有五星穹顶的神圣殿堂。"走进人民大会堂，使你突然地敬虔肃穆了下来，好像一滴水投进了海洋，感到一滴水的细小，感到海洋的无边壮阔。"作家冰心在《走进人民大会堂》中这样描述她对这座宏伟殿堂的初印象。人民大会堂由能容纳 1 万多人的大礼堂、面积相当于半个足球场的宴会厅和风格朴素典雅的办公楼三大部分组成，整组建筑面积约 17.18 万平方米，比故宫的全部地上建筑面积之和还大。令人惊奇的是，这座世界上最庞大的会堂建筑，从建筑选址、规划设计、工程完工到正式使用，仅用了 10 个月的时间，被当时的外国媒

体称作是"建筑史上的奇迹"!

1958年,新中国即将迎来第一个10年华诞,建造一座"人民的殿堂"成为了当时党和全国各族人民的共同心愿,首都北京到处洋溢着为共和国建设而奉献的热情。1958年夏,数千名20岁出头的青年工人来到大会堂建筑工地,组建了20多个建筑青年突击队,夜以继日地挥汗奋战、激情奉献。为了工程能够如期建成,时任北京市第三建筑公司一工区青年突击队队长的张百发带领300多名钢筋工,每天天还没亮就将刚从钢铁厂运来还有些余热的钢材卸货,由于当时工地缺少塔吊,100多公斤一捆的钢筋就靠工友们手抬肩扛,顺着木板搭成的简易马道往上送,紧接着就开始进行钢筋搬运、除锈、调直、连接、切断、成型等一系列工序。当时作为木工队队长,李瑞环独创了9种简易计算表和公式,用科学高效的方法代替了传统"放大样"的办法,率领团队成功地在8天内完成了200米长的屋顶外檐模板制作。他的先进事迹后来还被搬上了银幕,电影《青年鲁班》成为了一代人的学习榜样和青春记忆。作为大礼堂穹顶上那颗熠熠生辉的红色五角星的制作者之一,如今年近九旬的刘志明老先生依然骄傲地说:"那时尽管没有现代化的建筑器械,但大家都有一颗建设世界一流建筑的决心,全身心投入……如今从屏幕上看到红色的五角星还是那样的光艳,我乐得从睡梦中都能笑醒。"

正是在周恩来总理"古今中外,皆为我用"原则的指导下,在数十位国内一流建筑师废寝忘食的精心设计创作下,在数千名建筑工人不舍昼夜的团结奋斗下,在近万名参加义务劳动的普通群众的无私奉献下,人民大会堂在1959年9月14日竣工,顺利迎接了新中国成立10周年庆典,也从此作为党和国家举行政治和国务活动的重要场所,成为了一座名副其实的"人民的殿堂"。

回望20世纪50年代,年轻的新中国尚处在国民经济恢复和发展时期,人才、技术和物资都还比较落后。然而,就是在这样的时代背景下,融合西洋古典与中式传统的人民大会堂、带有苏联式风格的军事博物馆、注重中国传统文化再创新的民族文化宫、全国农业展览馆等首都十大建筑，成为我国建筑史上的创举，为现代中国建筑史描绘了浓墨重彩的一笔，更成为新中国第一个 10 年华诞最好的贺礼。革命与建设时代的千千万万中国劳动人民凭借着"螺丝钉精神"，造就了一座又一座社会主义大厦，也向世界展现了中国向现代化迈进的崭新面貌。

奥运的符号——北京"鸟巢"

2008 年北京奥运会的成功举办，向世界展现了一个开放、现代、繁荣昌盛的中国，而北京奥运会开闭幕式举办地——国家体育场——"鸟巢"，更是让全世界的观众眼前一亮。"鸟巢"坐落于郁郁葱葱的北京奥林匹克公园，建筑面积 25.8 万平方米，总用钢量约为 11 万吨，外形结构为辐射式门式钢桁架围绕碗状坐席区旋转而成的独特造型，宛如由大树和树根编织而成的生命之巢。凭借着顽强拼搏的精神和科学严谨的态度，中国建筑人攻克了一系列无法想象的难关，在建筑新材料、新技术、新方法上取得了重要突破，向世界展现出当代中国自信、自立、自强的国家形象。

李兴钢出生于 1969 年，是当时中国建筑设计研究院最年轻的副总建筑师，也是"鸟巢"的中方总设计师。李兴钢独创的"胜景几何"理念意在将建筑与自然的空间诗意相结合，力求实现中国古人所追寻的"天人合一"境界。独特的东方韵味与现代的建筑技艺碰撞出独特的创意灵感，"鸟巢"的设计方案最初由瑞士建筑大师雅克·赫尔佐格和皮埃尔·德梅隆提供，而最终的施工图是由李兴钢率领中国设计团队完成。由于"鸟巢"的结构复杂异常，设计师必须在图纸上绘制出数以万计的异形空间曲面，还要精准计算出数万个部件的施工尺寸。通过中瑞技术合作，引入一系列三维与有限元分析设计软件，经过无数次演算，才将抽象的概念设计转化为最终的施工图纸。除了独特的巢式钢结构外观，"鸟巢"内部设计同样

别出心裁。为了保障场内 9.1 万座席上的每位观众都获得更好的观赏体验，看台采取连续起伏、东西高南北低的碗形设计。李兴钢说："虽然外部更受瞩目，但事实上内部赛场和看台的设计才是一个体育场的核心部分。我们最大的设想就是，让 2008 年奥运会主体育场回归体育建筑和人类体育活动的本质，也就是以竞赛和观赛、以运动员和观众为本。"通过与瑞士设计师上千次的方案讨论与修订，李兴钢团队成功结合了中国传统文化与现代科学技术、奥林匹克精神与中外建筑艺术，让诞生于瑞士的"鸟巢"原型与北京奥运会实现了完美融合。

毫无疑问，由中瑞设计联合体共同完成的"鸟巢"施工图堪称世界顶级建筑设计方案，然而再精致的设计蓝图，也要通过建设者之手来将其实现。体量如此庞大的异形钢结构建筑，面临的技术难题在世界上无任何先例可考，施工难度之高在体育场工程建设史上前所未有。由于"鸟巢"外部灰色钢结构与内部混凝土结构相互独立，4.2 万吨的建筑重量只能依靠倾斜的混凝土柱相互支撑，混凝土柱的施工成为工程建设面临的一大难题。来自河南安阳的董树恩，通过创新"倒灌法"采用泵送顶升，使浇注一根混凝土斜柱的时间从 4 小时缩短至 0.5 小时，创造了国际浇注斜柱技术的新标杆。面对超大巨型构件的安装挑战，户献习等组装工人通过建模找出构件的重心，通过吊点的设置和加固措施在降低风险性的同时，极大地提高了项目安全性。

2008 年 8 月 8 日，北京"鸟巢"得以如期在世界舞台亮相，"鸟巢"的 24 根钢桁架柱上永久地刻下了数千名筑巢者的姓名。在美国《时代》周刊评选出的"世界 100 个最有影响力的设计"中，"鸟巢"夺得建筑类的桂冠。数千名像李兴钢、董树恩、户献习一样的中国建筑人通过 5 年多的科技攻关和不懈努力，生动诠释了北京奥运会"绿色、科技、人文"的理念，创造了中国乃至世界建筑史上又一个奇迹。北京奥运会后，"鸟巢"作为标志性建筑，不仅成为了国人参与、享受体育娱乐活动的大型场地，还将继续作为北京 2022 年冬奥会冰上项目场地，迎接新的挑战。

习近平总书记指出："社会主义是干出来的，要靠我们的工人阶级，靠我们的劳动者，大家齐心协力去干。"我劳动，我自豪；我奉献，我光荣。新时代的共和国建设者们接过了前辈手中的旗帜，足迹不仅遍及了祖国的大江南北，而且积极拓展海外市场，创造着一个又一个人间奇迹。从艰险如天路的"川藏铁路"到凤凰展翅般的"大兴机场"，从创造"深圳速度"到见证"雄安高度"，从援建"丝绸之路经济带"的一条条繁荣之路到架起"21世纪海上丝绸之路"的一座座友谊之桥，中国建筑人用智慧与汗水绘制出了一道道令中外人民心心相印的彩虹，谱写了一曲曲荡气回肠的铿锵长歌。

咱们工人有力量

近 20 年来，中国基建工程迎来了黄金时代，建造出一个个堪称史诗级的超级工程，成为世界工程领域的领跑者，创造出神话般的"中国速度"。中国的基建速度有多快？几个小时，可以施工改造完成一座桥梁、一个车站；几天时间，可以建造一座医院……这就是中国工人的力量，是 5000 年文明古国的中国力量。

中国速度：让不可能变为了可能

2.5 小时，9 小时，我们可以用这些时间做什么呢？对很多人来说可能是看一场电影，睡了一觉的时间，但对中国而言却绝非一般。

有着 22 年历史的芙蓉大道京沪高速跨线桥，一座贯通江阴东西的重要枢纽，全长 1085.8 米，桥宽 24.5 米，净高 5 米。由于无法满足城市快速发展的现行客流需求，须拆除新建。2019 年 5 月 26 日凌晨，工地上调集了镐头机、挖掘机等 50 台大型设备，同时在狭窄的范围内作业，犹如同时指挥几十条手臂在一小块布上"穿针引线"。历经 2.5 小时的连续同时作业后，这座跨线桥被成功拆除。

2018 年 1 月 19 日的傍晚，1500 多名中国工人开始了一场"战役"：福建龙岩火车站的大改造，完成新老站房之间的线路转场大施工。从下午 18:30 分开始，不到 9 小时的时间里，工人们要完成道岔拆铺、拢口拨接、信号换装等所有作业。数十台施工机器同时运转，1500 余名铁路人不眠不休，一场铁路车站大改造顺利完成了！

想象一下，我们看了一场电影之后，就发现一座曾经拥堵的大桥不见

了，睡了一觉起来，城市里竟多了一个铁路车站。中国基础设施的工程建设速度创造了一个又一个奇迹，令人赞叹不已，全球瞩目。基础设施是为社会生产和居民生活提供公共服务的物质工程设施，它是社会赖以生存发展的重要物质条件，与人民的生产生活息息相关。中国的基建效率让不少外国网友都叹为观止，感慨仿佛是在玩搭建游戏一般，动动手指就平地而起了。

但中国基础建设绝不仅仅是"速度"二字便可以形容的，它凝聚着千万人的付出和努力，更是中国精神的生动诠释。

港珠澳大桥：南中国的三叉戟

港珠澳大桥由粤港澳三地共同建设，位于珠江入海口的伶仃洋海域，连接着香港、珠海和澳门。大桥全长 55 千米，既包括了桥梁工程，也包括了海底隧道，2009 年开工建设，于 2018 年 10 月 24 日正式通车，大桥设计使用年限 120 年，可抵御 8 级地震和 16 级台风。港珠澳大桥因其超大的建筑规模、空前的施工难度，以及顶尖的建造技术而闻名世界，被英国《卫报》誉为"新世界七大奇迹"之一。

而这样举世瞩目的超级工程，却是用"搭积木"和"抓娃娃"的手法拼装而成的。简单地说，就是港珠澳大桥所需的各个部件是在工厂预制好，并运送到工程现场，用一艘名为"小天鹅"的运架一体船，挥舞着像"抓娃娃"一样的机械臂，将用于搭建大桥的"积木"提起。看似轻而易举，其实要求"积木"对接时误差不超过 10 毫米，尤其是在潮起潮落的海面上操作，其难度可想而知。港珠澳大桥的工程师们发挥着团队精神，有人负责指挥，有人负责操作，大家站在工程的各个角度上进行精准的测算，在齐心协作的 7 个小时之后，第 1 块"积木"安装到位，误差小于 10 毫米，肉眼也几乎毫无察觉。就这样，为了做到每次操作的零失误，工程师们不断总结经验，在配合中找默契，在默契中提效率，使得搭"积木"

的速度越来越快，从 7 小时 1 块缩短到了 4 小时 1 块。在这无数次的搭建过程中，一座超级大桥平地而起。

"我的建桥工龄已经有 47 年了！"在港珠澳大桥正式通车的这一天，一位老桥工——港珠澳大桥年纪最大的工程师谭国顺自豪地向习近平总书记介绍着自己的职业生涯。1971 年，不满 19 岁的谭国顺参加工作，成了大桥局的一名桥工，从装吊工到工程师，从工程队的副队长到跨海大桥的指挥长，他参加了长沙湘江大桥、九江长江大桥、杭州湾跨海大桥等许多桥梁工程的建设。在 60 岁临近退休的年纪，谭国顺接到了港珠澳大桥管理局的通知，受命担任 CB05 标段指挥长。这一边是世界级的跨海通道，充满着挑战，也意味着探索与创新，那一边是在家中等待自己常伴膝下的老母亲。权衡再三，在家人的支持下，他毅然选择了去追寻身为一名桥工的光荣与梦想。CB05 标段是港珠澳大桥最靠近珠海海岸的一段，工程复杂。谭国顺知道自己既然接受了指挥长的任命，就不能辜负国家和人民的信任。在施工期间，他带领着团队率先完成了主体工程。如今的谭国顺，虽已过退休年龄，但是他说："如果有哪座桥需要我，我还想上阵。"

港珠澳大桥刷新了 7 项世界桥梁建设纪录，是世界上最长的跨海大桥，有着世界上最长的海底沉管隧道，是世界桥梁史上浓墨重彩的一笔。港珠澳大桥的建成通车使得港澳两地与内陆地区人民的生活发生了可喜的变化。在港珠澳大桥开通前，许多在珠海工作的香港特区居民只能选择长途大巴和轮船作为通勤交通工具，堵车和浪费时间是他们面临的最大问题。在大桥开通后，这些问题都迎刃而解了。有人分析过，比起长途大巴和轮船，大桥通行带来的最大好处是时间灵活，人们再也不用提前买票、掐着点去赶班次了——大桥的穿梭大巴 10 分钟到 15 分钟一班，基本实现了到口岸买票，然后"随到随走"。同时，在大桥上坐大巴，安全性、舒适性也远好过原来的长途大巴。港珠澳大桥不仅方便了通勤上班的人们，还带来了物流、旅游等方面的快捷和便利，使游客能够体验"一桥连三地、一

日游三城"的悠闲与快乐。于不同的旖旎风光中自在游览，在不同的城市风貌间自如切换。

火神山和雷神山：守住生门的战神

3天内超过2亿人次观看的直播，这样的直播量不依靠花哨的噱头，也不依靠能"带货"的网红，直播画面聚焦在了武汉火神山医院、雷神山医院的建设工地上。画面里的工人们争分夺秒鏖战正酣。工地外，众多网友化身"云监工"，通过观看网络直播密切关注医院建设进度，观看人次节节攀升。

2020年伊始，一场突如其来的新冠肺炎疫情打乱了人们生活的节奏，它的传播速度和对人体造成的伤害程度让人始料未及。2020年1月23日，农历除夕前一天，疫情扩散速度最为严重的武汉封城。党中央、国务院决定，参照2003年抗击"非典"期间"北京小汤山医院"的模式，建成一座有千张床位的传染病医院。按照正常的工期，医院从建成到投入使用需要两年的时间，然而大疫当前，给出的工期只有10天。这是一场与时间的赛跑，是一场生死竞速。

5小时，火神山医院场地平整设计图完成；24小时，拿出火神山医院总平面布置方案；60小时，各施工单位协商敲定施工图纸；1月23日10时，连夜基础施工；1月24日，完成场地平整；1月25日，正式开工建设；2月2日，火神山医院交付使用。

1月25日，党中央、国务院决定再建一座雷神山医院。1月25日16时，项目启动；1月26日，开始场地平整等工作；1月27日，正式开工建设；2月6日，雷神山医院进行验收并逐步移交。

疫情牵动亿人心，无数人通过直播亲眼见证了中国基建的"中国速度"。一位网友这样称赞道："工人师傅们有神功！武汉，加油！"没错，工人们确实有神功。这神功，就是众志成城、共克时艰的中国精神，是伟大的中国力量的体现。

　　一个个平凡而忙碌的身影闪现在神州大地、海角天涯的工地上，正是因为有着这些朴实善良的劳动者，因为他们的存在，中国的基建才有如此辉煌的成绩、令人咋舌的规模和叹为观止的速度。

　　如今，中国的基建水平和能力早已成为了中国一张耀眼的名片，让世界见证了中国基建大军的风采。

　　在世界性的基建工程中，我们不仅开展基建合作，更是将中国建设中的技术标准向海外推广，努力成为规则制定者。伴着基础建设的脚步，我们的中国技术也走出了国门，改变着世界。

　　有伟大勤劳的人民，有党中央的正确领导，有敢于挑战的勇气和不断践行的决心，中国基建大军将无往而不胜！

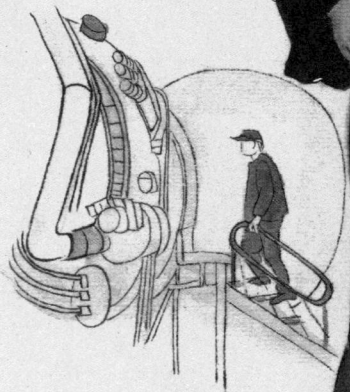

国产大飞机腾空

2017 年 5 月 5 日下午，世界的目光聚焦在上海浦东机场的一架白色飞机上——启动、滑行、机头昂起、直插云霄……这架历经 9 年科研攻关、无数次试验和技术调试的大型客机终于在 14 时在第 4 跑道腾空而起、冲上云霄，79 分钟后，圆满完成首飞任务顺利着陆。这就是我国首款具有国际主流水准、拥有完全自主知识产权的干线飞机 C919。

国之重器，今朝梦圆。从 1970 年我国自主研制的"运 -10"飞机的艰难探索，到支线客机 ARJ21，再到 2017 年 C919 重启逐梦之旅、成功首飞，穿越 47 载光阴终于圆了我们的"大飞机梦"。这是几代航空人的砥砺前行，凭借永不放弃、忘我奋斗的精神让国产大飞机一梦百年后，终于迎来了凤凰涅槃、浴火重生般的高光时刻。

运 -10：永不放弃的大飞机人

20 世纪 60 年代，我国领导人出国访问乘坐的还是从苏联租借的螺旋桨飞机，当时被外媒嘲讽说中国还没有进入喷气时代，是一只没有翅膀的鹰。为了给鹰插上翅膀，1970 年 8 月，国家下达了研制"运 -10"飞机的计划，开启了中国自行研制、自行制造大型喷气式客机的时代。"运 -10"飞机研制任务名称为"708 工程"，其客舱按照经济舱 178 座、混合级 124 座布置，最大起飞重量为 110 吨，达到"大飞机"的标准，来自全国众多航空单位的一大批精兵强将汇聚上海参与研制。

1972 年 8 月，"运 -10"飞机的总体设计方案通过了专家评审；1975 年，飞机全部 14.3 万张标准图幅图纸设计完成；1976 年 7 月，第一架飞机制造

完成；1978 年 11 月，全机静力破坏试验一次成功；1980 年 9 月，"运 -10"飞机成功完成首飞，并先后 7 次飞抵海拔最高的西藏拉萨贡嘎机场……

"运 -10"飞机是中国飞机设计史上首次从 10 吨级向百吨级的冲刺，这种量级的突破，对于飞机结构、系统甚至是概念和方法都提出诸多前所未有的挑战。对此，我国第一代航空飞机设计师们百折不挠、锐意进取，除发动机来自国外，最终实现了"运 -10"机体完全国产化，航电和机械系统的国产化率超过了 96%，成为我国第一款拥有自主知识产权的大飞机。同时"运 -10"的研制还突破了苏联飞机的设计规范，是我国第一架参照英美适航条例标准研制的大型喷气式干线飞机。从那时起，中国成为了继美国、俄罗斯、英国、法国之后第 5 个能自己造出 100 吨级大飞机的国家。尽管因为诸多原因，"运 -10"飞机中途搁置没能正式投入商用，但"独立自主，大力协同，无私奉献，不断创新"的"运 -10"精神却被一代代大飞机人传承下来。

在中国商用飞机有限责任公司的上海浦东基地，有一架白色机身、喷涂了几道蓝白条纹的大飞机静静地沉睡在工业园区的草坪上，尾翼有一面鲜红的五星红旗，这就是曾在 40 多年前翱翔于中国蓝天的"运 -10"。在它的旁边矗立着一座雕塑，上面镌刻着"永不放弃"四个大字，代表了大飞机人发自内心地庄严承诺，也承载着亿万人民对于国产大飞机早日商用的殷切期盼。这架曾给我们带来了无上荣耀的"运 -10"飞机，激励着一代代航空人披荆斩棘、永不言弃。新一代的航空奋斗者，接过老一辈人手中的接力棒，以敢于战胜一切艰难险阻的勇气和魄力，永攀科技高峰，铸就国之重器。

ARJ21：重启大飞机之梦

20 世纪 80 年代中期，为了学习国外的先进管理和研制经验，我国开启了飞机研制的国际合作模式。国家提出了一个发展国产大型客机的"三步走"战略：第一步是中美合作制造和装配 MD82/90，由美国麦道公司提供技术，提高生产制造能力；第二步是与国外合作，联合研制 100 座级飞机，提高设计技术水平；第三步是自己设计、制造 180 座级干线飞机。"三步走"战略在实施的过程中，大幅提高了我国大飞机现代化装配的技术水平，但是由于多种因素交织干扰，"三步走"战略最终停滞。

"三步走"战略的流产让我们深切地意识到，中国制造不等于中国创造，用市场换取核心的航空技术是行不通的。想要发展属于自己的大型客机，必须要靠自主研发来攻克和掌握核心技术。2000 年 2 月，国家决定支持研制和发展中国新型涡扇支线飞机。2002 年 9 月，我国 ARJ21 项目正式立项，该项目全称为 "21 世纪新一代支线喷气机"，是我国第一款自主研制、具有完全自主知识产权的新型涡扇支线飞机。2007 年 12 月，首架 ARJ21 总装下线，并于 2008 年 11 月在上海首飞成功。2016 年 6 月，成都航空公司航班号为 EU6679 的 ARJ21-700 飞机搭载 70 名乘客从成都飞往上海。中国人自己研发的喷气客机首次翱翔蓝天，这是我国民用飞机发展的重要里程碑。通过 ARJ21 飞机的研制，我国航空设计师们第一次完整走完了喷气客机设计、制造、试验、试飞、批产、交付、运营全过程，掌握了民用喷气运输类飞机研制的核心技术，填补了我国自主研发喷气运输类飞机的空白，实现了我国航空工业喷气运输类民用飞机集成创新能力的突破，为我国民用飞机事业的发展进一步奠定了基础。

ARJ21 飞机项目启动时，国内因为多年没有民用飞机型号任务，人才流失严重、青黄不接，设计人员和管理人员对航空器审定规章和航空器运行规章的研究与理解不到位。当时的航空设计师们硬是靠着翻阅学习国内外有限的公开资料，摸着石头过河，一点点地攻关推进，最终实现了在几乎没有任何预研的基础上成功研制。历经 10 余年的艰辛探索和自主研发，ARJ21 项目团队首次系统完整地创建了民用飞机适航设计和验证技术体系，解决了系统之间互联安全性评估技术难题，攻克了轮胎爆破、鸟撞、

双发动机失效等特殊风险验证的技术难关，突破了高温高寒、结冰、大侧风等极端复杂气象条件下的分析和试验验证技术，掌握了多项验证试飞的关键技术，填补了我国航空工业相关领域的空白。作为国产商用飞机的开拓者，ARJ21 的研制先后获得发明专利 140 项，提出国际及国家标准 59 项、企业 / 行业标准 6778 项，为我国大飞机的设计制造提供了全方位的技术支持。

近年来，随着民航事业的快速发展，国内对大型飞机的需求急速增加，加上我国几代航空人坚韧不拔、矢志创新的积淀与探索，为大飞机的研发储备了较为齐全的人才队伍和主要关键技术的设计、试验、制造能力，大飞机项目应时而生被再次提上了日程。

C919：开启大飞机新时代

2017 年 5 月 5 日，中国首款按照世界先进标准研制的大型喷气式干线客机 C919 首飞成功，标志着我国真正具备了研制现代干线飞机的核心能力，是民用航空工业发展的重要里程碑。习近平总书记在 2018 年的新年贺词中，提到"科技创新、重大工程建设捷报频传"时，更是专门为"C919 大型客机飞上蓝天"点赞，令大飞机人深受鼓舞、倍感振奋。

C919 这一代号也是有着特别的寓意。C 是 China 的首字母，也是中国商用飞机有限责任公司英文缩写 COMAC 的首字母，而 919 中的第一个"9"是天长地久的美好期许，"19"则是代表我国首型大型客机的最大载客量为 190 座。

C919 大型客机总设计师吴光辉说，2008 年就组织带领团队启动了 C919 总体技术方案的论证工作。从当年的 7 月开始，以上海飞机设计研究所为核心的、全国 13 个省市 47 家相关单位、468 位专家组成的联合工程团队勠力同心，在以张彦仲院士为首的 20 名院士和专家组成的咨询组的指导帮助下，集中攻关，开展联合论证工作，从而完成了飞机初步总体技术方案的设计。这次持续半年之久的论证工作，人员之多、时间之长、规模之大，在国家重大项目论证和中国民用飞机发展史上都是一次前所未有的创新。此外，大飞机的设计团队为了更好地调研市场需求，在最初做技术方案之前，就深入走访了国航、东航、南航和海航等航空公司，认真听取他们关于客舱布局、货仓要求，以及驾驶舱设施的意愿，从而让大飞机能够更好地满足未来用户的需求。

在机身材料的选取上，总设计师团队也是认真分析、谨慎比选、反复试验才最后拍板敲定——C919仅自身的部段、部件，不包括机载系统在内，全身加起来总共约有100万个小零件，而这每一个小零件哪怕一颗螺丝钉、一块芯片都需要技术人员——验证其质量和性能；至于飞行控制系统的每一个小设备，也必须要经过四五十项的质量和安全测试，全部通过才能达到合格标准，从而为C919的安全性增加砝码；C919第一架和第二架飞机的首飞都进行了全程直播，直播镜头中可以看到飞机在飞行过程中没有发生一起故障，甚至连报警信息也没有。这一成功，是C919团队精益求精、一丝不苟、工匠精神的集中体现——通过扩展地面试验的范围，外加延长地面试验的时间，将前期工作做到极致。凡是所有系统的工作，都尽可能地在地面完成；凡是所有可能出现的问题，都尽可能在地面试验中发现并解决，防患于未然；凡是所有上天后可能存在的隐患，都尽可能地在地面试验中排除，充分保证C919的安全可靠性。

"艰难困苦，玉汝于成。"从最初的"运-10"飞机立项到C919冲上云霄，我们的"大飞机梦"走过了近半个世纪。50载春秋交替初心不改，一代又一代科学家怀着深厚的爱国主义情怀，凭借精深的学术造诣和高远的境界操守，筚路蓝缕、攻坚克难。他们所凝聚的精神力量和不断丰富的精神品质穿透了岁月的阻隔，融入航空人的血液，激发着新的一代代航空人无私奉献、报效祖国的激情与梦想。

为复兴的梦想加速

　　复兴代表着春回大地、万物复苏，代表着重整行囊、再创辉煌。这两个字，凝聚着中华民族的希冀与梦想，凝聚着几代中国人的夙愿和期盼。2017 年，由中国铁路总公司牵头组织研制、具有完全自主知识产权、达到世界先进水平的中国标准动车组被命名为"复兴号"。从"大脑"到"心脏"全部"中国创造"的"复兴号"成功开行，标志着我国铁路成套技术装备特别是高速动车组已经走在世界先进行列，迈出了从追赶到领跑的关键一步。回望近 30 年从蹒跚学步到引领世界的风雨历程，一群勇于创新、追求极致、匠心筑梦的大国工匠们，以"中国速度"创造着世界装备制造史上的"中国传奇"，使我国装备制造工业拥有了一张亮丽的名片。

不忘初心强本领

　　2015 年初，中车长春轨道客车股份有限公司（简称中车长客）在试制生产我国首列标准化动车组（即"复兴号"动车组）的过程中，作为高速动车组的 9 项核心技术之一的转向架制造技术面临着前所未有的难题——转向架很多焊缝的接头形式是员工们此前从未接触过的，其中转向架侧梁扭杆座不规则焊缝和横侧梁连接口斜坡焊缝质量要求极高，射线探伤检查必须零缺陷，不容任何瑕疵。此外，由于不规则焊缝接头过多，极易导致焊接缺陷，严重制约了"复兴号"动车组的顺利生产。面对这一技术难关，有一个人挺身而出，率领团队攻坚克难，经过反复论证和多次试验，最终成功攻下了这一阵地。他，就是大国工匠李万君。

　　"一把焊枪，一双妙手，他以柔情呵护'复兴号'的筋骨；千度烈焰，

万次攻关，他用坚固为中国梦提速。"这是中央广播电视总台"大国工匠"2018年度人物颁奖典礼上组委会给予李万君的颁奖辞。作为我国第一代高铁人，李万君凭借精湛的焊接技术、坚韧不拔的创新精神和敬业精神，为我国高铁事业作出了巨大贡献，被誉为"高铁焊接大师""工人院士"。面对这些荣誉，李万君表示自己就是一名技术工人，只不过用了30年的时间一直待在一个地方，做着一件事。

1987年，19岁的李万君毕业之后进入长春客车厂（中车长春轨道客车股份有限公司的前身）工作，成为焊接车间的一名焊工。他需要时时穿着厚重的工作服，头戴封闭的焊帽，整天待在烟雾弥漫、火星子乱蹦的生产环境里。夏天，焊枪的火焰足足有2300℃，烤得人喘不过来气。冬天，脚蹬水靴在水池子里作业，身上挂着一层冰霜。由于劳动强度大，一年后，和李万君同来的28个伙伴调走了25个，只留下了3个人。当时李万君也动了调走的心思。曾连续多年被评为工厂劳动模范的父亲与他谈心："啥活儿都得有人干，啥活儿干精了都会有出息。"从此，李万君摒弃了杂念，将自己"焊"在车间，一头扎进"精"的路上苦练技术，也在烟熏火燎中淬炼着意志。

为了提高技术水平，李万君经常在休息的时候用废料进行练习，曾经每天焊掉近300根焊条。车间要求每人每月焊100个水箱，他总会多焊20个。别人一年磨坏两三套工作服，他一年得磨坏五六套工作服。遇到技术难题，他总是追着老师傅们问问题问个没完……正是这一股拼劲儿使李万君练就了一身过硬的焊接本领，在当时的车间创造了千个水箱无泄漏、万米焊缝无缺陷的惊人纪录。1997年，李万君首次代表公司参加长春市焊工大赛，是其中最年轻的参赛选手。他一举夺得三种焊法的第一名。凭借高超的焊接技术，他不仅相继取得了碳钢、不锈钢焊接等6项国家焊工技师资格证，更是在2011年赢得了"中华技能大奖"。这一大奖是国家对一线技术工人的最高褒奖，审批严苛程度堪比评选"两院"院士。李万君作为车辆转向架构架焊接的世界最高水平的代表，因而能够从全国数十万技术工人中脱颖而出，成为名副其实的"工人院士"。

当然，属于李万君的奇迹不止于此。

匠心铸就高铁梦

2007 年，作为全国铁路第 6 次大提速的主力车型，时速 250 公里的"和谐号"动车组在长春客车公司试制生产。承载 50 多吨车体，被称为是高铁双腿的转向架对质量要求极其严苛，其焊接工艺必须做到天衣无缝才能让高铁成为"没有翅膀的飞机"。试制初期，因为转向架横梁与侧梁连接处的环口焊缝接头过多，时常出现铁水不熔合的惯性质量问题，正是这小小的环口直接影响到了整个动车组的试制推进。李万君为此茶饭不思，倾尽全力地反复钻研。正是凭着这股钻劲儿，一个月后，李万君终于摸索出了一枪完成转向架环口焊接的绝活儿，实现了 600 毫米周长的环口焊接一气呵成，不留任何瑕疵，彻底解决了关键性的技术难题。这一焊接技术被称为"架构环口焊接七步操作法"，超越法国的两段式焊法，登上了世界焊接领域的最高峰。如今，在李万君的指导下，这一焊接技术已成为生产线上人人必备技能，极大地提高了动车组系列转向架生产的品质和效率。2015 年，中车长客公司生产的转向架就超过了 9000 个，比西门子、庞巴迪、阿尔斯通这三大世界轨道车辆制造巨头的生产总和还要多。

2015 年，在试制生产"复兴号"动车组的时候，为了攻克难题，李万君带领团队夜以继日地加班加点埋头钻研，经过半个多月的反复论证试验，总结出了一套"下坡焊创新焊接法"，一下子将生产效率提高了 4 倍，填补了我国在这一技术领域的空白。2016 年，李万君带领团队成功完成了美国纽约地铁转向架厚板焊接的 31 项工艺评定，为我国试制生产 40 毫米厚板转向架提供了可靠焊接规范及操作依据。2017 年初，在此基础上，李万君亲自参与试制生产 4 个美国纽约地铁转向架，通过美国有关方面的权

威认证。2018 年 6 月 27 日，中车长客公司成为我国首家取得美国纽约地铁转向架生产资质的生产单位。

正是凭借这种精湛的焊接技术和迎难而上不服输的精神，李万君在高铁焊接领域不断取得一个又一个新的突破，先后进行技术攻关 100 多项，其中 31 项获得国家专利。2018 年，第五届中国工业大奖在北京揭晓，"复兴号"中国标准动车组获得了我国工业领域的最高奖项。李万君表示："我们要想尽一切办法创新和突破，这是中国高铁工人义不容辞的责任。"这种创新突破，不仅代表着"李万君们"对世界先进技术的赶超精神，更代表着中国高铁所搭载的中国梦的提速。

弦歌不辍，薪火相传

"一枝独秀不是春，百花齐放春满园。"短短 6 年间，中国高铁完成了时速从 250 公里到 350 公里，再到 380 公里的"三级跳"。高速度离不开高技术人才的支撑。为高速动车组培养了大量的新生力量，是李万君对中国高铁的又一突出贡献。

2008 年，中车长客公司从德国西门子公司引进了时速 350 公里的高速动车组技术，但德国人提供的转向架焊接试验片，只有李万君一人能够完成焊接工作，根本无法满足生产需求。为了解决这一问题，中车长客公司特地招进 400 多名技校学生进行专门的培训，李万君主动请缨承担起这一重任。那段时间，李万君常常是白天在生产线上工作，晚上研究工艺标准、编制培训教材，睡眠时间不足 5 小时，生病用药顶着，一个月体重掉了 10 多公斤……为了加快培训进度，他将复杂的工艺操作过程分解成具体操作步骤，并图文并茂地逐一详细描述，便于学员理解掌握。功夫不负有心人。2009 年，经李万君培训的 400 多名学生全部提前半年考取了国际焊工证，创造了中国高铁焊接技术培训史上的又一个奇迹，为"中国制造"储备了实力雄厚的生力军。

2010 年，李万君牵头组建了公司的焊工首席操作师工作室，借助这一平台对公司焊工采用"大""小"穿插、"横""纵"结合的培训方式，集中培训 400 多次，累计培训 2 万多人次。经过培训的焊工考取各种国际、国内焊工资质证书 6000 多项，大大地满足了高速动车组、城铁列车等 20 多种车型的生产需求。此外，为了进一步发挥工作室的技能传承作用，李万君带领团队与其他企业资源共享，交流焊工技能，推动传承创新。2012 年，他还远赴新疆进行技术援疆，为阿勒泰市 400 多名技术工人传授技艺，让工匠精神遍地开花。2012 年，他的焊工首席操作师工作室被国家主管部门命名为"李万君国家技能大师工作室"。

"啥活儿都得有人干，啥活儿干精了都会有出息。"30 年前父亲的这句话，李万君一直牢记在心，并按照自己的方式传承给了徒弟："只要你爱这个工作，肯钻研，不断创新创造，每个人都能走出人生的精彩之路。"代表着中国制造业技术世界领先的中国高铁这张名片，彰显着中国产业工人的伟大创造。中国产业工人就如一排排坚实的高铁转向架，承载着中华民族伟大复兴的列车，向着中国梦所追求的目标高速前进。

一道"长虹"越天堑

1981 年，党的十一届六中全会通过的《关于建国以来党的若干历史问题的决议》中提到我国 1966 年—1976 年间工业交通、基本建设和科学技术方面取得了一批重要成就，包括一些新铁路和南京长江大桥的建成，一些技术先进的大型企业的投产，氢弹试验和人造卫星发射回收的成功等。

南京长江大桥究竟是怎样一座桥，能够与氢弹、人造卫星并列成为我国 20 世纪六七十年代社会主义建设取得的重要成就呢？

南京长江大桥位于南京市鼓楼区下关和浦口区桥北之间，是我国第一座自主设计、自主施工、使用自主研制材料建设的具有当时世界一流水平的铁路公路双层式两用特大桥。大桥于 1960 年 1 月动工兴建，1968 年 12 月全面建成通车。根据统计，自建成以来大桥共驶过数亿辆次汽车、数百万辆次客货列车，先后接待过 100 多个国家的国家领导人以及数百个外国代表团。

2014 年，南京长江大桥入选"不可移动文物"；2016 年，入选首批《中国 20 世纪建筑遗产名录》。它不仅代表着新中国的科学技术水平，记录着建设者的勤劳和智慧，更承载着国人的情感和记忆，是一座"争气桥"。

一纸宏图，困难重重

万里长江，直到新中国成立，江上未曾有过一座桥。1908 年，沪宁铁路修至南京，1911 年，津浦铁路修成，但是由于长江阻隔，南北铁路不能贯通。两岸客货过江只有靠渡轮，尤其是货物转驳，来回装卸搬运耗时费力，还会增加物品破损率。轮渡运输的鼎盛时期，往返于长江两岸的渡轮

第三篇章 劳动美丽 践行奋斗之美

139

有 4 艘，日航 50 次，日载客量 1 万余人次，依旧不堪重负。1927 年，当时的国民政府定都南京后，从英国人手里收回了沪宁线的经营管理权，开始谋划火车过江的问题。国民政府铁道部以 10 万美元重金聘请外国桥梁专家约翰·华特尔到南京实地勘测下关、浦口间建桥的可行性，最终得出"水深流急，不宜建桥"的结论，只好以火车轮渡解决问题。火车过江时间大约要 2 个小时，加上夜间不渡、大雾不渡、涨潮不渡、台风不渡等限制，使得南北客货交通依然不畅。孙中山曾在《建国方略》中规划的南京至浦口过江隧道，更只能是一纸宏图。

新中国成立后，轮渡的运输能力已趋饱和，长江成为困扰京沪铁路运输的瓶颈。为此，国家在第一个五年计划末期，提出修建南京长江大桥的计划。

在共和国 20 世纪那个特殊的年代里，这座大桥的建设完成克服了诸多困难。大桥开工对，正赶上国家三年困难时期。大桥建设者在工地因陋就简，风餐露宿，共克时艰，全力奋战。生活上的困难还好克服，更大的困难来自材料和技术方面。

南京长江大桥工程上马时，中苏关系已经出现裂痕，从苏联采购的大桥建设用钢出现严重质量问题，几经交涉未果。这样，在增加建设成本的同时，也给大桥带来巨大安全隐患。1961 年下半年，国家决定大桥钢梁所用的钢材不再进口，而是由鞍山钢铁公司试制同等性能钢材。鞍钢人把这项任务看作是一项光荣的使命，经过反复试验，最终炼出"16 锰低合金桥梁钢"。代表着自力更生、奋发图强精神的"16 锰钢"，也因此被大家称作"争气钢"。

人民有信仰，民族有希望，国家有力量。需要大桥建设者们"争气"的，不仅是钢材，还有桥墩。长江下游南京段终年可以行驶万吨巨轮，水深大都在 15 米至 30 米，最深达 50 米以上，有"四两丝线也量不到底"的说法。经过水下探测，建设者们发现江底覆盖层岩石的情况更为复杂，有的地方厚，有的地方薄，有的地方坚硬如铁，有的地方则是最软的风化岩，徒手都能捏得碎。除此之外，这一江段终年受到潮汐侵袭和夏秋季节台风的影响，每日有高低潮水位，一涨一落平均历时 12 小时 25 分，年最大潮差平均值为 1.42 米。当台风来袭时，江面风力可达 10 级以上。在这样的条件下修建大型铁路公路两用桥，桥墩应当如何设计，如何施工？其他国家并没有成熟的设计方案、施工规范可供借鉴。

1960 年，曾任武汉长江大桥专家组组长的苏联桥梁专家西林以"个人名义"来南京长江大桥工地考察。在了解了我国自行设计、自行施工的一、二号桥墩情况后，西林表示："一号墩这样深的沉井，井壁不设置钢筋是会断裂的！二号墩这样深的沉井基础型式，我们在多瑙河也做过，就曾发生沉井倾覆事故。假若我是施工技术领导，就不会接受这样的设计。"苏联专家的这番话，并没有打消掉中国人建设大桥的信心和决心，反而更激发起了大家的斗志："勒紧裤腰带也要建成建好这座'争气桥'！"

人民力量，创造奇迹

解决桥墩的问题，仅靠斗志是不够的，还要靠技术。经过反复研究和论证，技术人员认为，应当采用国际上的先进技术——浮式沉井、重型沉井管柱等桥墩基础施工技术。那时，浮式沉井技术只在美国旧金山金门大桥使用过，大家只是听说，谁也没见过，更不要谈什么图纸资料和实践经验了。工程技术人员同心协力，经过不断摸索，反复试验，精心设计，最终将这些技术难关一一攻下。

"尊重人民主体地位，尊重人民群众在实践活动中所表达的意愿、所创造的经验、所拥有的权利、所发挥的作用，充分激发蕴藏在人民群众中的创造伟力。"这是党中央领导人民进行建设的一条基本经验。经过技术人员和施工工人共同努力，整个大桥的桥墩采用了 4 种不同方式建造：在水位较浅、覆盖层深厚的地方，采用重型混凝土沉井，穿越深度达 54.87

米；在基岩好而覆盖层较厚的地方，选用钢板桩围堰管柱基础并首次采用大直径 3.6 米先张法预应力混凝土管柱；在基岩较好、覆盖层较厚，但水位较深的地方，采用首创的浮式钢沉井加管柱的复合基础；在水深、覆盖层厚，但基岩强度较低的地方，采用浮式钢筋混凝土沉井，上部为钢筋混凝土结构，下部为钢与钢筋混凝土组合结构。

在建造桥墩时，工人需要在江中利用船舶作为浮运码头，将钢板做成的围笼沉入水底，固定在岩石层上，再将围笼中的水抽空，灌注水泥。1964 年 9 月，长江晚汛带来的巨大流量给施工造成了险情。9 月 18 日深夜，5 号墩沉井用于固定位置的锚绳突然被拉断，尚未固定的沉井围笼带着船只在江面上摆动。9 月 28 日，同样的险情又发生在 4 号墩。悬浮在水中的沉井，就像一艘在狂风大浪中失去控制的海轮，左右摆幅最大达到 58.6 米，上下起伏有一二米，使得它所依附的两只 800 吨铁驳导向船也随之大幅晃动起来。导向船上的边锚钢丝绳，一个早晨就连着断了 2 根，而 28 日一天之中，先后断了 7 根之多。

面对险情，技术人员和工人全员组织起来，日夜战斗在抢险的桥墩上，想尽各种办法都收效甚微，最后用平衡重止摆法——通过几组滑轮，把桥墩摆动的力量转移到其他重物上。这一看似简单的办法收到了良好的效果，在调来的两艘 2000 匹马力拖轮的协助下，两个桥墩沉井顺利地下沉至设计的正确位置上。

南京长江大桥的 9 个桥墩连接着 10 节桥体，两个桥墩之间，桥梁跨度为 160 米，每一个连接点都是用铆钉连接起来的，每个铆钉厚 20 多厘米。在焊接施工时，每 5 个人一组，先将桥体钢板用煤炭烧红，然后用钉枪将钢板打孔，再将铆钉穿过去，用螺丝固定起来。每个桥体连接点共有 2000 多个点需要用铆钉连接，每个组要在一天内完成一个桥体连接点的焊接任务，这样的一套动作要重复 2000 多次。整个大桥 10 个连接点就是用 20000 多个铆钉连接起来的！"精心设计、精心施工！""百年大计，质量第一！"这响亮的口号，不仅喊在口头上，更落实在每个建设者的行动上。

南京长江大桥通车前一个月，桥头堡成了最难啃的一块硬骨头。桥头堡的高度相当于民用建筑 24 层楼高，连夹层共计 16 层，结构复杂，材料用量大，南北桥头堡共用木材 2400 立方米，钢筋 419 吨，混凝土 3020 立方米。按正常施工进度，最快也要九个半月。为了确保如期通车，建设者们想尽各种办法。常用水泥凝固时间长，就改用高标号水泥。劳动力不足，机械设备缺乏，就紧急协调请来多家建筑公司支援，数千名解放军战士和大中专院校学生也作为志愿者加入建设队伍。经过 28 天昼夜奋战，桥头堡主体工程顺利完工。大家万众一心、劲头十足地想要把大桥建好，正是这样的众志成城，让不可能变为可能，让堆积如小山似的工程图纸变成雄伟壮丽的南京长江大桥！

人民是历史的主体。历史发展、社会进步，是人民群众充分发挥自己推动历史前进的积极性、主动性和创造性的生动写照。在中国革命、建设和改革开放的历史进程中，正是充分发挥人民群众的主体作用，我国的各项事业才能从胜利走向胜利。

1968 年 9 月，南京长江大桥的铁路桥先行通车，使津浦、沪宁、宁芜 3 条铁路真正连接起来，火车过江时间由 2 小时变为 2 分钟。12 月 29 日，是公路桥通车的日子，尽管下着雨，但南京城的百姓几乎全体出动，桥上桥下，人山人海，人们鼓掌、欢呼、跳跃，激动地为"争气桥"流下了热泪。

远远望去，南京长江大桥仿佛是一道"长虹"横跨在长江之上，是特殊年代中国人自力更生、奋发图强的精神象征。正如大桥桥头堡上书写的标语："人民，只有人民，才是创造世界历史的动力。"

相知港珠澳　同心圆梦桥

你把桥放在梦中，我把梦放在桥上

你筑一个有形的梦，我筑一个无形的桥

你从天上来，我自海中过

相知港珠澳，同心圆梦桥

你让桥上的梦美丽，我让梦中的桥矗立

你在桥头听涛语，我在海中看天宇

天之骄，海之骄

相知港珠澳，海天共逍遥

……

  2019 年夏，这首凝炼桥梁艺术之美的歌曲嘹亮悦耳，一场大型交响音乐会"梦桥——向港珠澳大桥及其建设者们致敬"在中国国家大剧院拉开帷幕。在雄浑磅礴的歌声中，港珠澳大桥的伟岸雄姿愈发清晰；在优美动人的旋律中，千万名筑桥人的身影又是那么坚定美丽。他们将金色年华献给了港珠澳大桥，也献给了珠江口边蔚蓝的海洋。铿锵跳动的音符，不知不觉地将在场的所有桥梁建设者们又带回了那段凝聚着汗水、拼搏与梦想的筑梦岁月。

横跨伶仃，屹立东方

  历时 6 年论证、9 年建设，2018 年 10 月 23 日，一座连接香港特区、珠海市和澳门特区的世纪工程——港珠澳大桥正式开通。55 公里跨海大桥，7 公里海底隧道，相当于 98 个足球场的桥面铺装，454 项技术专利，7 项

世界之最……这项集桥梁、隧道和人工岛于一体的超级工程，一举创下世界总体跨度之最、钢结构桥体长度之最、海底沉管隧道深度之最等多项世界纪录，可谓是国际基础设施建设的珠穆朗玛峰。

横跨伶仃洋畔，屹立世界东方。这座由中国自主设计并建造完成的桥隧工程，被海外媒体评选为"现代世界七大奇迹"。这些荣誉和奇迹，凝聚着千万名桥梁建设者们敢闯敢拼、勇攀高峰的创新精神，海纳百川、兼收并蓄的开放精神，爱岗敬业、精益求精的工匠精神，逢山开路、遇水架桥的奋斗精神。

伴随着改革开放的不断深入，理论研究和关键技术攻关与试验的不断突破，"一国两制"条件下粤港澳三地首次合作共建的超大型基础设施项目——港珠澳大桥最终得以成功建成。正如习近平总书记所说："这是一座圆梦桥、同心桥、自信桥、复兴桥。大桥建成通车，进一步坚定了我们对中国特色社会主义的道路自信、理论自信、制度自信、文化自信，充分说明社会主义是干出来的，新时代也是干出来的！"港珠澳大桥不仅标志着我国从桥梁大国向桥梁强国的重大飞跃，也书写着改革开放以来中华民族走向繁荣富强的崭新篇章。

逢山开路，遇水架桥

过去，由于珠江口地区地势复杂，外加天堑阻隔，广东省珠海市与香港特区之间的陆路只能绕行虎门大桥，往返通行超过半天时间，致使珠三角西岸远远滞后于东岸的经济发展。如何打破限制经济发展的交通壁垒，激活珠三角沿线的经济活力？粤港澳经济生活圈的构建至关重要，而这也是港珠澳大桥工程建设的直接动因。而今，通车后的港珠澳大桥，成为蔚蓝海面上一道优雅靓丽的风景线。珠江口浪花涌动，伶仃洋波浪飞舞，中国结、风帆塔、人工岛、海豚塔交相辉映，莲花的洁白、紫荆花的艳丽与三角梅的鲜红绚丽夺目。这座粤港澳地区的地标性工程，不仅充分彰显了中国桥梁建筑艺术的精美绝伦，而且为粤港澳大湾区"1小时生活圈"铺设了一道彩虹之桥。当人们再次伫立于桥头，看着两岸车水马龙，大湾区的美好未来似乎尽收眼底。共同被历史所铭记的，除了这项奇迹工程和美丽景色，还有凝结着无数设计师及其建设者多少年来的智慧与汗水、浇筑与耕耘。

他被同事们称作"桥痴"。与桥结缘40余载的他，每到一个城市都先去看那儿的桥，桥似乎就是他生命的灵魂。厦门海沧大桥、南京长江大桥、青岛海湾大桥等20多项国内外著名特大型桥梁工程都源自他的设计，他就是著名工程勘察设计大师孟凡超，也是港珠澳大桥的总设计师。从2004年最早率领团队驻扎珠江口进行项目可行性研究，再到大桥主体工程和深水区桥梁施工图的设计图稿，以及后续10余年粤港澳三地施工的跟进，他对这座大桥再熟悉不过。如何在"一国两制"条件下，根据香港、澳门和珠海三地不同地理环境、城市建设等确定最佳的大桥登陆点？大桥项目究竟是使用常规性的全桥方案、全隧方案，还是挑战巨大的桥、岛、隧组合方案？伶仃洋海面台风等自然灾害多发，怎样才能确保大桥的安全性？珠江口海域同时也是中华白海豚国家级自然保护区，大桥施工应如何降低施工噪声和避免海域污染？这样一个超级跨海工程，面临的施工安全、工程技术、建设管理、环境保护等综合性挑战前所未有。由于经常连夜工作，积劳成疾，孟凡超不得不接受手术治疗，然而出院没过多久又再次奔赴珠江一线投入到紧张的工作中。6年来，大桥设计师团队几乎跑遍了粤港澳三地所有岛屿，完成了百余份大桥项目的调查、预测与方案设计报告，提出了"大型化、工厂化、标准化、装配化"的创新建设理念，使依靠中国自主研发的港珠澳大桥能抗8级地震，抵御住16级台风，使用寿命长达120年。

在港珠澳大桥开通仪式后，习近平总书记在接见孟凡超等大桥建设者代表时说道："港珠澳大桥的建设创下多项世界之最，非常了不起，体现了

一个国家逢山开路、遇水架桥的奋斗精神，体现了我国综合国力、自主创新能力，体现了勇创世界一流的民族志气。"港珠澳大桥一项项完美的设计方案，不知凝聚着多少像孟凡超一样的建筑工匠的心血，他们用一张张精心创作的图纸，描绘出大国重器的蓝图，设计出一张张耀眼的中国桥梁名片。

蛟龙出海，筑岛奇迹

站在港珠澳大桥桥头，远远就能看到两座东西相望的巨型人工岛屿，在蔚蓝的伶仃洋上散发出明珠般的耀眼光芒。在东西人工岛上共有 4 只青铜鼎，分别雕刻着"蛟龙出海""梦缘伶仃""筑岛奇迹""海底绣花"的图案，记载着港珠澳大桥建设过程中的传奇故事。4 只古朴的青铜鼎将港珠澳大桥建筑精神与中华民族传统文化底蕴融为一体，既体现着中华文化的源远流长、博大精深，同时也象征着"一国两制"下粤港澳三地共创大湾区的美好未来。

港珠澳大桥的这两座巨型离岸人工岛屿建设堪称"筑岛奇迹"。一方面，由于港珠澳大桥临近香港国际机场，为了保证每天 1800 多架次航班的飞行安全，桥塔高度不得超过 150 米。另一方面，由于恰好穿过伶仃洋主航道，为了确保每日穿梭于粤港澳近 4000 艘轮船的正常通行，桥梁又不能太低。为了同时满足这两个相互排斥的限制要求，大桥的建设者采用了海底隧道的连接结构，建设人工岛就成为大桥横跨伶仃洋的关键承接点。作为海底隧道和大桥转换衔接的枢纽，"稳"是人工岛建造的最基本要求。一旦人工岛发生沉降或位移必将牵一发而动全身，致使桥梁变形或隧道漏水，后果不堪设想。在茫茫大海中，两座面积 10 万平方米的人工岛屿是如何建成的？以林鸣等为代表的港珠澳工程师团队首创了一种快速成岛方法：将一组三型钢圆筒直接插入并固定于海床上，然后再向钢圆筒中间填砂土，最终形成人工岛屿。每只钢圆筒的横截面积约为一个篮球场大小，高度接近 18 层楼，体量相当于一架空中客车 A380 飞机。这样的巨型钢圆筒有 120 组，为了将这些庞然大物成功嵌入深海，施工人员克服了常人难以想象的困难，才迎来了人工岛屿建造的完工。与国际上最常使用的抛石填海的方法相比，这项技术不仅减少淤泥开挖量近千万立方米（相当于堆砌 3 座胡夫金字塔），而且还极大地压缩了建设工期，确保了港珠澳大桥如期建成。

除了人工筑岛，外海沉管隧道的修建也是港珠澳大桥工程面临的巨大挑战。一截沉管重达 8 万吨，需要先用船从工厂运送至施工地点，然后再精准沉放到外海指定位置，并与前面的沉管完成精准对接。每次对接都好比是开着挖掘机在针尖上跳舞，在麦芒上绣花，需要上百名港珠澳大桥建设者持续数日的精准发力。港珠澳大桥建设者凭借着超人的意志力和耐力，几乎突破了生理和心理的承受极限，完成了世界上唯一的深埋沉管隧道建设工程。在潮湿闷热的基坑里，由于信号不通而难与千里之外的家人通话，港珠澳大桥的建设者只能以涛声为伴，以天上繁星和明月寄托对故土的思念。看着国内外航班千百次起落香港机场、快船千百次进出澳门口岸，都市的繁华与热闹就在眼前，可建设者始终甘于寂寞，心无旁骛扛起建设超级工程的责任。施工期间，当超级台风以排山倒海之势扑向大桥时，港珠澳大桥的建设者依然坚守在桥头第一线……岁月匆匆，不变的是千千万万个造桥人攻坚克难越天堑的勇气。而变化的，则是新时代大跨步向"制造强国"迈进的中国。世界级的超级工程，如今要看"中国造"！

一桥越沧海。港珠澳大桥是一座书写着强国梦新篇章的"圆梦桥"，是一座连接着粤港澳大湾区的"同心桥"，是一座彰显中国制度优势的"自信桥"，更是一座连接着两岸三地经济脉动的"复兴桥"。改革开放 40多年来，港珠澳大桥浓缩着中华民族从站起来、富起来到强起来的时代巨变，展现着"一国两制"下香港特区、澳门特区与内地共进步、同发展的光明前景，彰显着中国精神、中国智慧和中国力量的强大感召力，引领着亿万中华儿女齐心共圆伟大复兴之梦。

最美的微笑

　　作为一道流动的风景线，公共交通是城市形象的名片，是城市文明的重要标志，也是人民群众幸福生活的具体体现。

　　20 世纪八九十年代，作为一名北京 21 路公交车上的普通售票员，李素丽以热情周到的服务成为"在平凡岗位上作出不平凡业绩"的岗位明星、先进典型。当时，她的名字家喻户晓。2019 年 9 月 25 日，在北京人民大会堂召开的"最美奋斗者"表彰大会上，李素丽获此殊荣。当她回到大众视野的时候，她的脸上仍然是人们记忆中真诚的微笑。

　　微笑，就像是李素丽的名片，真诚热切地呈现了她积极乐观的人生态度。

面对现实微笑，干公交一样光荣

　　李素丽最初的梦想是成为一名播音员，遗憾的是 1980 年参加高考以12 分之差落榜。落榜后，李素丽情绪低落了一阵子。李素丽的父亲是位"老公交"，他劝女儿说："考不上大学，跟我干公交一样很光荣。"李素丽觉得职业没有高低贵贱之分，干公交也挺好的。于是，她就进入北京市公交公司参加工作，准备当一名售票员，那时的李素丽还只是个梳着两条大辫子的小姑娘。公交车售票员上岗前需要先进行培训，凭借扎实的基本功和优秀的嗓音条件，李素丽在考试时不用拿扩音器报站名和使用服务用语，声音洪亮，准确无误，成绩出色，顺利上岗。

　　李素丽的声音甜，微笑甜。为了把这个"甜"字送给乘客，在 10 米车厢这个特殊舞台上，她把自己的声音优势充分发挥出来，努力追求声音

表达的优美动听。如何吐字用气，怎样把握声调和语气，怎样控制时间，是她在车下反复练习的项目。面对乘客，如何绽露动人的笑容，是她在镜子前无数次揣摩演练的"节目"。自己的家人成为她忠实的听众和严格的教练，墙上的镜子成为她诚恳的观众和挑剔的裁判。正是有了车下的刻苦练习，才有了车上热情、大方的表情和举止；才有了柔美、悦耳的嗓音和语言。有人说，李素丽是一个有着出众口才的优秀售票员。的确，口语的艺术和艺术的口语，为李素丽的服务工作插上了翅膀。

李素丽曾说："如果你把工作当作是一种乐趣，那么，工作会越来越好。如果你能找到工作的乐趣，那么，再苦再累也是心甘情愿的。"当了售票员以后，她感觉自己既是播音员，又是主持人。在18年的售票员生涯里，李素丽"小姑娘"逐渐成长为一棵"大树"，她也在公交车上实现了当"播音员"的梦想。

时代在淘汰人，同时也在挑选人

"各位乘客，您好！欢迎乘坐我们21路1333号车。您可能来自祖国的大江南北、四面八方，我将用北京人热情、好客的传统，为您提供周到的服务。途中，如果有什么困难、有什么要求，请不要客气，我会热心帮助您。"伴着扩音器里李素丽甜润的声音，汽车启动了。

21路公共汽车的始发和终点站都设在火车站，这样，南来北往的外地客人一下火车，往往就通过这路车接受北京人的第一次服务。这路车沿线10公里分设14个车站，李素丽就在这平凡的岗位上，用自己日复一日的劳动为乘客送上真诚的笑脸、热情的话语、周到的服务、细致的关怀。

30多年前的北京公交车可没有数字电视可以看，大家也没有手机可以消遣。21路公交车的行车路线是北京最繁忙的二环路，遇到堵车，乘客就会有些烦躁，细心的李素丽在车上准备好报纸和杂志，给有需要的乘客读一会儿，缓解焦急情绪……乘客们也会和她说："素丽，你跟我们说说话呗。"她就拿着车上的小喇叭，给乘客们讲新闻，讲北京城的历史文化……大爷大妈们怕她说话累，就泡好了菊花胖大海在站台等她，车一停就递给她。有的老人跟儿媳妇吵架了心情不好，也会乘上车跟李素丽唠叨唠叨。

李素丽为她的岗位感到自豪。她说："是它给了我每一天都能向他人奉献真情的机会。如果我能把这 10 米车厢、3 尺票台当成为人民服务的岗位，实实在在去为社会作贡献，就能在服务中融入真情，为社会多增添一份美好。即便有时自己有点儿烦心事，只要一上车，一见到乘客，就不烦了。"她"岗位作奉献，真情为他人"的精神风貌，给乘客们留下难以忘怀的美好印象，被人们誉为"盲人的眼睛、病人的护士、乘客的贴心人、老百姓的亲闺女"。

为了更好地服务百姓，加强社会各界对公交整体运营、安全、服务、管理等方面的监督，1999 年，北京公交开通了"公交李素丽服务热线"，由她负责管理工作。工作场所变化了，李素丽将此视为人生很大的转折："以前是售票台，现在变成一个信息平台，我的服务可能让老百姓受益更多。"比起在公交车上售票，在服务热线工作，需要面对更多的服务需求和服务对象。为了适应服务领域的拓宽，满足新的工作需要，提高服务质量，来到热线工作以后，李素丽业余时间把精力全部投入到学习知识和业务提高上，她报考了北方交通大学的电子信息工程的研究生，并且用了 5 年的时间完成了学业。这些，对一个 40 多岁，上有老下有小的中年人来说，并不是一件容易的事情。

因为李素丽的知名度，热线真的很"热"，最热时 1 天 4 万多个来电。来电内容五花八门，有公交范围的，也有其他方面的，但不管分内还是分外，只要能帮群众解决问题，李素丽都事无巨细承接下来，包括飞机晚点了、下水道堵了、两口子打架了、孩子不听话了，等等。"当时能解决的就解决，不能解决的就先记下来，下了班再给来电者回电。帮助别人，快

乐自己。"在李素丽看来，大家相信她，才会寻求她帮助，这份信任不能辜负。

多年来，李素丽的工作岗位在不断变化中，但不变的是一直为百姓们提供"美"的服务，传播"美"的力量。2008 年至 2015 年，李素丽先后担任过北京交通服务热线主任、北京公交集团客户服务中心经理等职务。工作中，她制定了"衣着整洁仪表美，热情周到服务美，和蔼可亲心灵美，敬业爱岗精神美"的"四美"服务标准，努力为市民出行提供优质服务，争创公交服务品牌。李素丽在热线咨询的岗位上一干又是 18 年，直到 2017 年 4 月，她才结束 36 年的公交职业生涯。

2019 年，为隆重庆祝中华人民共和国成立 70 周年，大力弘扬"幸福源自奋斗、成功在于奉献、平凡造就伟大"的价值理念，中共中央宣传部、组织部等 9 部委组织开展了"最美奋斗者"学习宣传活动，评选表彰新中国成立以来各地区各行业涌现出来的来自生产一线和群众身边的先进模范。历经推荐报送、初步审核、群众投票、部门复审、媒体公示等环节，最终评选出 278 名个人、22 个集体成为"最美奋斗者"，李素丽被授予"最美奋斗者"称号。李素丽再次出现在公众视野，人们看到的，依然是她最美的微笑、不变的精神。

售票员李素丽是平凡的，在售票员职业逐渐被科技手段替代的今天，时代却挑选了这名平凡的劳动者给予嘉奖，不是因为她的名气，而是因为她的奉献精神。从她的身上我们可以看到，努力奉献社会的人，自己也是受益者。"微笑天使"李素丽总是说："每一条公共汽车的线路都有终点站，但为人民服务没有终点站，我会永远用自己的真情和奉献同大家一起走向明天！"

微笑着，再启程

李素丽是个闲不住的人，刚一退休就又积极投身到社会公益活动中去——抗癌公益活动、"社区英雄·为爱行走"大型公益活动、"点亮平凡的世界"全国贫困幼儿教育扶助大型公益活动……都有李素丽的身影。

2020年春节，新冠肺炎疫情暴发，李素丽用自己的方式参与抗"疫"行动。她开设公益课，给疫情中的老百姓做心理疏导；参加《中国妇女》杂志社与《学习强国》联合推出的"声传家书，致敬天使"主题活动，为一线的医务工作者朗读家书，加油鼓劲。

李素丽做了18年公交售票员，又做了18年热线服务。如今，她走上了公益之路，继续用爱温暖世界，用情助人为乐。虽然，随着社会的发展，售票员这一职业已经越来越淡出人们的生活，人们的工作岗位和服务对象会发生一定的变动。但是，只要有一颗在劳动中奉献自我的美丽心灵，我们在任何岗位上都可以像李素丽那样，传递给社会无微不至的服务、温暖似火的热情和永远春风拂面的微笑……

为了大山里的孩子们

  在江西老区海拔近 1000 米的大山深处有这样一个山村，人烟稀少、山路崎岖坎坷，村民们全靠两条腿在崇山峻岭间跋涉。面对异常艰苦的生活条件，旁人总是想办法往外走，但有一个人却坚定地往里走，而且一走就是 41 年，从风华正茂的少女走成了头发斑白的老妇，脚下的路也蜿蜒了 41 个春秋。41 年间，她帮助了 1000 多名山区的孩子走出去，自己却仍然坚守在大山深处……"感动中国" 2016 年度人物评选组委会颁奖辞这样评价她："你跋涉了许多路，总是围绕着大山；吃了很多苦，但给孩子们的都是甜。坚守才有希望，这是你的信念。三十六年，绚烂了两代人的童年，花白了你的麻花辫。"她，就是最美乡村教师支月英。

最初的选择

  1980 年，邓小平提出我国 20 世纪 80 年代要抓好三件事，其中之一就是加紧四个现代化建设，全国上下千千万万的教师积极投身"四化"建设的热潮。19 岁的江西进贤县女孩支月英不顾家人反对，怀着对教师职业的热爱，只身来到了距离家乡 200 多公里外的大山深处——奉新县澡下镇泥洋村小学，成为了一名深山女教师。

  泥洋村小学处于江西省奉新县和靖安县两县交界的泥洋山深处，山高路远、地处偏僻，交通极为不便，出门全靠两条腿在山间行走。学校更是残破不堪，简陋的操场、破旧的教室、四周环绕的大山，尤其是夜晚山风呼啸，不时传来鸟兽怪叫的声音……对于常人而言都是巨大的挑战，更何况是当时刚毕业的支月英。但是，支月英并未气馁——校舍年久失修、窗

户四面漏风，她就自己买了薄膜和钉子，将窗户修好，让学生能够暖和地上课；每逢开学，学生们的课本、教具等都靠支月英和同事们步行20多里的山路肩挑手提运上山。当时，除了支月英之外全是本地教师，习惯在山路中行走的他们速度很快，好强的支月英总是咬牙拼命追赶，一趟下来精疲力竭、浑身酸痛。年轻的支月英努力适应着这里艰苦的条件，一个月内她就学会了自己种菜、做饭、缝衣服等生活技能。

最初的时候，当地村民对于支月英的到来是有疑虑的，认为她肯定只是来这里过渡一下就会离开。慢慢地，大家发现这个姑娘是发自内心地想要教好孩子，无论刮风下雨还是结冰打霜，她都会把孩子们一个个送回家，像对待自己的亲人般和他们谈心聊家常；她教孩子们读书写字、唱歌跳舞；有些孩子因为家里交不起学费只能辍学，她便用自己微薄的工资为他们垫付学费。以真心换真心。淳朴的山里人为了能留住支月英，夜晚，村妇们轮流搬着被子陪她做伴；山花开了，总有孩子为她采来最美的一束；果子熟了，总有最甜的一捧送到她面前；生病的时候，孩子们为她带来自家煮熟的鸡蛋；村民们都愿意请她到家里做客……这一切，都深深打动着支月英，使她坚定了自己留下来的决心，成为扎根山乡改变大山孩子命运的"摆渡人"。

没有哪个母亲不爱自己的女儿。支月英的母亲最初极力反对她到山里教书，认为那里条件太艰苦，甚至赌气说，如果坚持就不认她这个女儿。但是母亲一直深深地挂念着她，自从支月英到了泥洋村小学后，母女相见的次数就寥寥无几。有一次，母亲忍不住想念，从家里转了3趟车用了1天的时间爬到山上去看她，没承想山上的这次相见是第一次也是最后一次。每当回想起来，支月英觉得最对不起的就是自己的母亲，在母亲生病的时候没能陪在她身边，没有尽到孝心。而母亲直到临终最不放心的还是她，"女儿，下山吧，那里太偏太远太苦了"。41年间，支月英陪在家人身边的时间屈指可数，她也渴望陪在家人身边，但是山里孩子们更需要她，她要把爱播撒给这些最需要她的孩子。

无悔的坚守

支月英慢慢习惯了大山里教书育人的生活，她每天认真备课、上课、批改作业，教孩子们读书识字、唱歌跳舞，去认识大千世界。"山里的孩子们与外界接触很少，掌握知识是他们走出大山的希望。"正是这种帮助孩子们接受教育的信念，支撑着支月英坚守在深山。

为了提高教学质量，支月英每年都积极参加各类培训活动，不断提高自身的教学水平，努力创新教育方法，探索出适合乡村教学特点的动静搭配教学法。她真诚地呵护每一个学生，始终坚持以人为本的教育思想，欣赏每个孩子身上独一无二的优点和亮点，尊重他们个性化的爱好和特长。支月英的付出赢得了大家的信服和认可，孩子们发自内心地喜欢她、依恋她。支月英的教学能力也快速提高，工作不到两年她就担任起了这所只有5名老师和上百名学生的学校的校长。自此，她更是以校为家，想方设法添置学校基础设施，改善教学条件。

因为长年坚守在山区一线，超负荷的工作令支月英先后出现右眼视力下降、右耳失聪等病症，身体时常感到不舒服。一天，正在上课的支月英身体突然剧烈疼痛，疼得差点儿晕倒。人们把她送到了医院，经诊断是胆总管胆囊结石，马上进行了手术。即便是术后恢复的时间，支月英心里也一直惦记着山上的孩子，身体还未完全康复就返回了课堂。2012 年，为了照顾支月英的身体，组织上考虑将她调入山下镇里的中心小学。恰逢此时，她收到了一封来自白洋村村民的联名信，信里说到村里请的代课老师因为条件太差都辞职离开了，希望支月英能过去给孩子们上课。看着村民们的求助信，支月英二话没说拎起行李直接来到了白洋小学，成为了学校里的第一位公办教师。家人心疼支月英的身体，劝她慎重考虑。支月英却乐呵呵地说："30 多年都这样过来了，白洋的孩子们需要我，我怎么能打

退堂鼓呢？"

支月英一到白洋村就走家串户，了解和掌握村里孩子们的上学情况，并且积极摸索教学方法，提高课堂讲授效率，一个人承担起了全科教学；遇到有学生交不起学费，支月英就自己先垫付，有时甚至连自己的生活费都搭了进去；还有学生总是迟到，她就每天亲自去督促并接送……村民们都感激来了一位好老师，再也不用为孩子们读书的事烦恼了，村里之前在外地上学的孩子也纷纷转回了白洋小学。

"好大一棵树，任你狂风呼，绿叶中留下多少故事，有乐也有苦……"这是支月英最喜爱的一首歌，她觉得自己就像是扎根在大山里的一棵"大树"，没有什么惊天动地的壮举，只是在努力坚守中托起孩子们的希望，为他们照亮前行的路。

永恒的热爱

时光荏苒，岁月如梭，支月英守护着大山里的孩子们已经41年了。从"支姐姐"到"支妈妈"，再到现在的"支奶奶"，她源源不断地为孩子们注入能量与希望。她的事迹也感动着中国：全国人大代表、全国模范教师、全国教书育人楷模……各种荣誉纷至沓来，但是支月英却没有停下自己奋斗的步伐，在提高乡村教育水平的工作中继续奉献。

自2018年当选为全国人大代表以来，支月英每年都会在全国"两会"上为农村教育和乡村教师发声。"乡村教师对我意味着什么？乡村教师就是农村学生睁眼看外面的第一面镜子，不仅仅要教好孩子们的文化知识，同时也是农村的希望。基层教育得到国家的重视，意味着乡村教师能够下得去、留得住、教得好。"支月英带着这样的乡村教育振兴梦，在第十三届全国人民代表大会第一次会议期间的议案中提出建议：提高农村义务教育教师待遇、完善农村教学点教师国培计划，修改义务教育阶段教育精准扶贫政策，呼吁国家能够提高乡村教师收入水平、提升乡村教师岗位的吸引力。

　　每当"两会"召开前夕，支月英都会进行实地走访调研，就如何加强中小学教师队伍建设等问题征求意见，并认真整理形成议案，将大家的心声带到"两会"上。2019年、2020年，支月英连续两年都在全国"两会"上呼吁全社会要更加关心乡村教师，更大力度地提高乡村教师的待遇；建议按照教龄长短较大幅度地提高教龄津贴标准，并同步建立增长机制，吸引更多优秀青年投入到乡村教育事业中去，并且能够安心从教、舒心从教，提升乡村教育质量，为全面建成小康社会提供教育力量。

　　随着国家对农村学校建设的大力投入，当年深一脚浅一脚的泥巴山路，现在已经通了车；破旧的校舍也已换上了新装，宽敞明亮，并且学校接通网络开启了数字化教学；乡村教师的待遇也翻了好几番……

　　一生只为一事来。支月英表示："我就是一个非常平凡的人，做着一件平凡的事，我不是因为看到希望才坚守，而是因为只有坚守才能有希望。"已近六旬的支月英依然坚守在深山。"治贫先治愚，扶贫先扶智。"教育是阻断贫困代际传递的治本之策，是决胜全面建成小康社会的重要力量。如今，有着一大批像支月英这样的乡村教师，扎根大山，点亮了一代代山里娃的童年，为他们的梦想插上了翅膀。

啊，看那一片茫茫绿洲

在我们中国的版图上，有这样一个地方。在这个地方，爷爷种树，儿子种树，孙子还是种树；在这里出生的孩子，很多人的小名叫苗苗、森森；这里的人们特别认同一句话："如果没有树木，人类将会怎样，如果没有森林，世界将会怎样？"

——"感动中国"2017年度人物颁奖典礼介绍辞

塞罕坝机械林场历史上曾是清宫皇家猎苑"木兰围场"的重要组成部分，位于河北省承德市围场满族蒙古族自治县北部坝上地区。蒙古族与汉族人民的世代交往，孕育了当地一种极为特殊的语言——蒙汉合璧语。在蒙语中"塞罕"意为美丽的，汉语中"坝"的意思是高岭，塞罕坝意为"美丽的高岭"。

曾经，由于晚清政府的吏治腐败和财政颓废，滥垦滥牧致使塞罕坝的万里松林惨遭破坏。日本侵略者掠夺式的采伐和连年的山火，使这座美丽的坝上绿洲沦为树木稀疏、人迹罕至的茫茫荒漠，"山泉秀美、林壑幽深"的太古圣境销声匿迹，"猎士五更行""千骑列云涯"的壮观场面更是不复存在。

而今，在内蒙古熔岩高原和冀北山地之间，几代塞罕坝林场建设者们响应党的号召，用50载的执着坚守，用舍家为国的无私奉献，在"黄沙遮天日，飞鸟无栖树"的荒漠中，始终坚持以植树造林为己任，创造了将沙漠变林海的"绿色奇迹"，铸就了"牢记使命、艰苦创业、绿色发展"的塞罕坝精神。

六女上坝谱壮歌

1964 年的夏天，为共和国而奋斗的火热激情洋溢在承德中学校园的每一个角落，"到祖国最需要的地方去"成为了当时青年们的普遍信仰。听闻刚成立不久的塞罕坝林场急缺造林人手，只有 20 岁的陈彦娴与同宿舍的甄瑞林、王晚霞、史德荣、李如意、王桂珍 6 个好姐妹给林场场长写了一封特殊的"求职信"，毅然决定奔赴坝上。就这样，6 个风华正茂的高中女学生放弃了高考，毅然决然地加入到塞罕坝艰苦创业的大军，用青春和热血演绎出"六女上坝"的一段传奇故事。

在来到塞罕坝林场前，陈彦娴还憧憬着自己也能像北大荒的女拖拉机手一样，开着重型机械在原野上驰骋。谁承想，来到林场的第一份工作竟然是在苗圃浇大粪。粪桶又沉又臭，姑娘们不仅要忍受刺鼻的恶臭，还必须跟上男职工的流水式作业节奏，转着圈儿地把粪水倒进上百个苗坑中。一天下来，她们累得腰酸背痛，然而她们从未抱怨，还积极向老工人们请教怎样才能干得更快更好。春季造林，姑娘们每天要在坝上劳作十几个小时，纤细的双手不停歇地取苗、放苗，饿了就啃窝头吃咸菜喝雪水，累了穿着带泥水的工作服倒头就睡。冬季伐木，坝上气温常低至 −40℃，大雪满天狂舞，北风像刀子似的，刮得脸生疼。姑娘们跟着其他职工一道上山清理残木，为来年春天造林做好准备。由于没膝的大雪掩盖了道路，她们只能一边小心翼翼地跟随领队的脚步，一边扛起沉重的大麻绳，跋涉六七里山路来到山上。林场男职工们挥起斧子对树木旁生的枝桠进行修理，姑娘们则负责用麻绳将木头捆好，靠着绳子拖、肩膀扛，使出浑身解数将木材运送到场里。她们用实干证明了巾帼不让须眉，塞罕坝林场的女人同男人一样能吃苦、敢拼搏。

作为第一代塞罕坝人的代表，当年上坝的 6 个女孩如今早已相继退休，有的也已离开人世。从青春少女到白发老妪，当"六女"中依然在世的 4

个年逾七旬的好姐妹再次相聚于承德，她们谈论最多的还是在塞罕坝林场的那段艰苦岁月和曾经亲手浇灌的那一棵又一棵树木。陈彦娴说："每每想到自己亲手栽下的树苗长起来，成为一片树林，那种幸福和自豪感，是很难用语言形容的。虽然退休了，离开了那片林子，但看到塞罕坝越来越美，曾经的艰辛和付出也就算不了什么了……"

科学造林显担当

1984 年，刘海莹舍弃了家乡秦皇岛优越的工作条件，来到塞罕坝担任林场技术员。当时的塞罕坝林场虽然不再是风沙弥漫，但生产生活条件仍然十分艰苦。由于林场交通不便，刘海莹只能背着笨重的仪器徒步 10 余公里山路定期开展森林抚育作业。一次，随身携带的干粮途中掉落，为了如期完成任务，他和技术人员在全天粒米未进的情况下，凭借着顽强的毅力和娴熟的技术完成了高强度的工作。就这样，每天来得最早、走得最晚的刘海莹逐渐成为生产施工一线的技术骨干。这时，塞罕坝的林场面积也已初具规模，正在掀开历史新的一页。站在第一代塞罕坝人用 20 年青春浇灌的大树下，刘海莹发誓要做好第二代塞罕坝人，用科技打造出高寒荒漠上的一片绿洲。

第二代塞罕坝人的创业史，也浓缩着中国在高寒沙地造林攻关的生态文明建设史。过去，从苏联引进的科洛索夫植苗锹是造林首选工具，塞罕坝林场的科技工作者根据当地造林实际，将铁锹重量从 3.5 公斤减轻为 2.25 公斤，改造后的"三锹半缝隙植苗法"不仅使造林效率翻倍，还极大地降低了造林成本。面对年降水量不足 400 毫米的自然环境挑战，塞罕坝人用"容器苗"的造林方法，极大地增强了苗木的抗旱能力；全光育苗技术的首创，填补了我国在高寒地区育苗技术领域的空白；柳条筐客土造林、沙棘带状密植等一系列方法攻克了沙地造林的技术与实践难题；云杉、樟子松、彰武松、景观树的引进和品种更迭，极大地丰富了塞罕坝的树种和生态的

多样性；荒山造林成活率不低于 85%，迹地造林成活率不低于 95%，创下了荒漠地带造林成活率的纪录。

2017 年，塞罕坝荣获联合国环境领域最高荣誉"地球卫士奖"……塞罕坝机械林场的科学造林，直接带动了河北省乃至全国护林造林技术的突破。如今的塞罕坝林场，已经成为中国乃至世界高寒地区科技造林的成果高地，在全球环境治理中树立了"中国榜样"。

对科学的尊重和对技术的钻研，融入到新时代塞罕坝人的血液中，也贯穿在了塞罕坝人的科技造林史中。塞罕坝人的许多成果已荣获国家级和省部级科技创新奖励，部分成果甚至填补了世界林木业研究领域的空白。塞罕坝林场的技术数据和制度建设，为多项国家级和省级的造林、防火标准提供了重要参考，为新中国的环境保护事业和生态文明建设作出重要贡献。

绿水青山展抱负

2005 年，从林学专业毕业的于士涛，来到了他心生向往的塞罕坝机械林场。这位出生于平原地区的"80 后"小伙儿，被老一代造林人坚守深山几十年如一日、爬冰卧雪植树造林的事迹所感动，克服了山地生活条件的艰苦，立志要在塞罕坝机械林场干出个样儿来。在塞罕坝机械林场工作近 20 年，于士涛不仅借助林学专业优势，领导团队开展了一系列科研项目研究，还积极利用塞罕坝独特的地理环境与生态资源优势，发展森林生态旅游、绿化苗木销售等第三产业，走出一条具有塞罕坝特色的多元化现代森林经营模式。虽然多次荣获省和市级技术标兵及劳动模范表彰，但于士涛总是谦虚地说："干林业的都默默无闻，也高调不起来。因为你做的事情，差不多 40 年以后才能看到结果。"越来越多的像于士涛一样的年轻人选择投身绿色产业之中，自称为"林三代"的"80 后"林场工作者时辰说道："我爷爷那代人最让我钦佩的地方，就是他们屡败屡战，但从不放弃，反倒越挫越勇。正是这种'打不死'的劲头儿，才成就了今天这片林海。"三代林场人牢记使命，驰而不息，艰苦奋斗，久久为功，不仅将茫茫沙漠变成绿水青山，还把绿水青山变成了金山银山。

伴随着改革开放的不断深入，森林旅游逐渐成为塞罕坝机械林场二次创业的支柱产业，塞罕坝的生态旅游探索之路也越走越宽。为了实现森林资源保护与旅游资源开发的良性互动，塞罕坝国家森林公园于1993年5月正式成立。110万亩的森林景观，20万亩的草原景观，千万种动植物在此繁衍生息，作为世界上面积最大的人工林海和国家AAAAA级旅游区，塞罕坝成为备受国内外游客喜爱的文化旅游胜地，被人们盛赞为"河的源头、云的故乡、鸟的乐园、花的世界、林的海洋"。经过三代林场人的不懈奋斗，曾经水源丰沛、森林茂密、鸟兽繁集的"塞上江南"之景再度重现于塞罕坝。这座位于河北承德的112万亩林海，每年都为京津冀地区释放约55万吨氧气，供给约1.37亿立方米的清洁水，构筑了华北地区的"天然氧吧"和"自然空调"。除了显著的生态及社会效益，塞罕坝也创造了巨大的经济效益，成为周边群众脱贫致富的"绿色银行"，生动诠释了"保护生态环境就是保护生产力、改善生态环境就是发展生产力"。

岂曰无碑，山河为证；岂曰无声，林海为名。一代接着一代干，撸起袖子加油干。从一棵树苗到百万亩林海，塞罕坝的清泉绿柏，见证了三代林场建设者的跋涉不止、躬耕不息；从黄沙漫天到塞上江南，塞罕坝的绿水青山，见证了塞罕坝58载的沧桑巨变、焕然一新。如今，塞罕坝的森林覆盖率已从11.4%提高至80%，造林112万亩，植树4亿多棵，按1米的株距排列，塞罕坝人种下的树可绕地球赤道12圈。他们用青春与汗水浇灌了脚下的土地，用智慧与勤劳种下了绿色的希望，用绿水与青山描绘出美丽的中国，向世界展现了中国正在创造的绿色文明奇迹。

生命的守护

　　"一切处于异乎寻常的寂静中。小鸟哪里去了？房屋后花园里的饲料盆始终空着。尚能瞥见的少量鸟儿也已濒临死亡：它们浑身直抖，不能再飞。那是个听不见声音的春天。"这是美国女作家蕾切尔·卡逊在 1962 年出版的一本著作《寂静的春天》中描述的一个情景。50 多年后的今天，蕾切尔·卡逊笔下的情景在很多的地方正在成为现实。

　　然而，也有一些平凡的人，在这个世界的某些角落里，正在做着伟大的事。为了保护野生动物，他们付出了无数的心血，为了对抗盗猎者，他们变得勇敢而坚强，不惜以命相搏，谱写了一曲守护野生动物的慷慨悲歌。

鹤有丹顶，人有丹心

　　"很多年，一直想去叫作扎龙的那个地方。只是因为那些白色的大鸟——丹顶鹤……"仙鹤姑娘徐秀娟的侄女徐卓，在中央广播电视总台《朗读者》节目中动情地讲述着《白色大鸟的故乡》，在场的许多观众湿润了眼眶。这一家三代人只做一件事：用生命守护美丽的丹顶鹤，在默默奉献中诠释了什么叫作"初心"。

　　丹顶鹤，高洁优雅，飘逸出尘，自古以来为世人所喜爱，被冠以"仙鹤"之名。它们曾经广泛分布在华夏大地上，与中华民族共发源，同繁衍，是最中国的鸟儿。但是，丹顶鹤是对湿地环境变化最为敏感的指示生物之一，由于人口的不断增长，丹顶鹤的栖息地不断遭到破坏，它们的数量急剧减少，全世界的丹顶鹤总数估计仅有 2200 只左右。尽管经过多年

保护，但丹顶鹤的数量回升仍旧缓慢，在世界范围内仍处于濒危甚至极度濒危状态。

徐秀娟，被誉为"中国第一位训鹤姑娘"，人们亲昵地叫她娟子。1964年，她出生在齐齐哈尔市的一个养鹤世家。父亲是扎龙保护区的鹤类保护工程师，母亲是在保护区待了10年的养鹤人。徐秀娟小时候就和弟弟一起帮着父母配食喂小鹤，久而久之，耳濡目染，姐弟俩也深深地爱上了丹顶鹤。

1981年，徐秀娟跟随父母来到保护区当起了临时工，主要任务就是养鹤、驯鹤。她到保护区工作没几天，就能准确地记住每只鹤的编号和出生年月，并很快掌握了饲养、放牧、繁殖、孵化、育雏的全套技术，她饲养的幼鹤成活率达到100%。

1985年3月，徐秀娟自费到东北林业大学野生动物系进修。在校期间，她省吃俭用，刻苦学习，用一年半的时间修完了全部功课，成绩优秀。

1986年5月，刚刚毕业回家的徐秀娟就接到了江苏省盐城自然保护区的工作邀请，为了热爱的事业，她不顾人地两生、别亲思乡的困难，踏上行程。

在去盐城的路上，徐秀娟除了必备的行李，就带了3枚鹤蛋，用她自己的话来说，这是带给盐城保护区的礼物。2000多公里的路程，在徐秀娟无微不至的呵护下，3枚鹤蛋完好无损地带到了盐城。徐秀娟从此开始了丹顶鹤在保护区的孵化，一天又一天，她想方设法……终于有一天，从1枚鹤蛋壳里面传出"笃"的一声。这一声，是一个新生命诞生的宣言；这一声，标志着一个奇迹的出现。丹顶鹤在低纬度越冬区孵化成功，这可是个世界级的难题啊！没有人知道，对那3枚鹤蛋，徐秀娟付出了怎样的心血。

在徐秀娟的日记里，写满了她对丹顶鹤的爱："我宁可把这一辈子的青春贡献给鹤场，我可以不要舒服，不要金钱，甚至命也不要了。"谁能想到，一语成谶。1987 年 9 月 15 日，两只在水塘里嬉戏的白天鹅突然挣断绳子飞走了，心急如焚的徐秀娟连忙循声追去，虽然很快找回了一只，但剩下的一只，众人苦苦寻找了一天却依然没有找到。徐秀娟放心不下，第二天她又从早上一直寻找到傍晚 5 点多。当她刚回到宿舍时，又听到有人说，西边传来天鹅的叫声。徐秀娟不顾劳累，挽起裤管，试图从一条河里蹚过去寻找……后来，同事们在河里找到了徐秀娟的遗体。那一年，徐秀娟才 23 岁，她被追认为我国环保战线第一位烈士。

"走过那条小河，你可曾听说，有一位女孩她曾经来过；走过那道芦苇坡，你可曾听说，有一位女孩她留下一首歌……"徐秀娟的事迹被创作成歌曲《一个真实的故事》广为传唱，每当凄婉的旋律响起，听众都感慨万千。

徐秀娟牺牲之后，她的弟弟徐建峰继承了姐姐的事业。令人心痛的是，2014 年，弟弟徐建峰同样为看护小鹤，竟然和他的姐姐一样倒在了沼泽地里，意外去世。为了保护挚爱的精灵，姐弟两人双双殉职。他们来过这世界，却并不曾离开，悠悠爱心，随鹤一起深情起舞……

没有什么能够阻止徐家人爱鹤护鹤的坚守与情怀。徐家第三代人——徐建峰的女儿徐卓，放弃学校保送读研究生的机会，毅然回到了扎龙自然保护区，继续守护丹顶鹤。

如今，黑龙江扎龙国家级自然保护区已是丹顶鹤生活的天堂。从 1975 年到 2020 年，跨越 45 年，扎龙的丹顶鹤数量从濒临灭绝的 100 多只，已经繁衍到现在的 800 多只。

可可西里，生命禁区里的守护之战

保护大自然并非只有浪漫的守望，有时也充满着以命相搏的风险。在海拔 4768 米，把 1937 千米青藏公路劈开的昆仑山口，矗立着一座也许是全世界海拔最高的雕像——"环保卫士"杰桑·索南达杰的纪念碑。27

年前，索南达杰壮烈牺牲在可可西里反盗猎第一线。后来人记住他，更多的是通过电影《可可西里》，他就是电影主人公日泰的原型。

可可西里是藏语，翻译过来有"青色的山梁""美丽的少女"之意，它有着很多的标签："世界第三极""无人区""生命的禁区"……

在可可西里，最广为人知的就是藏羚羊。走私藏羚羊的皮毛在欧美黑市常能高价交易，被称为"软黄金"，藏羚羊毛织成的一条"沙图什"披肩可从一枚小小的戒指中穿过，售价几千美金。20世纪八九十年代，一些不法分子为牟取暴利，不断进行偷猎藏羚羊的罪恶活动，短短几年，藏羚羊从100万只迅速锐减到了不足1万只……这个古老的物种面临着灭绝的危险。

"这个地方必须要死人，是盗猎分子死，还是我死！""如果需要死人，就让我死在前面！"1992年，时任青海省玉树藏族自治州治多县县委副书记的杰桑·索南达杰，面对盗猎分子的猖獗活动，放出这样的狠话。

1994年1月18日，40岁的索南达杰和4名队员在可可西里抓获了20名盗猎者，缴获了7辆汽车和1800多张藏羚羊皮。在押解盗猎者的途中，索南达杰他们又遭到了盗猎者同伙的袭击，18名持枪歹徒集中火力疯狂地向索南达杰射击，然后四散而逃。当保护区支援队伍赶到时，索南达杰已经流尽了最后一滴血，被可可西里−40℃的冰天雪地塑成一尊冰雕。

索南达杰之死牵动着所有人的心。1995年，国家环保局和林业部联合追授索南达杰"环保卫士"称号，他成为获此殊荣的第一人。1997年，国务院批准成立"可可西里国家级自然保护区"。为了纪念索南达杰，可可西里保护区的第一个保护站便以他的名字命名。2017年7月，可可西里保护区在联合国教科文组织第41届世界遗产委员会大会上被列入《世界遗产名录》。藏羚羊有了一片宁静的生存净土。如今，可可西里的藏羚羊数量已经恢复到了7万多只。

索南达杰化作一座不朽的丰碑巍然屹立，他用生命守护可可西里的精神感召着世人。他的大儿子索南仁青，成为一名森林公安民警，继承了父亲的环保事业。全国各地每年都有很多环保志愿者到可可西里保护站工作，共同护佑着天地之间的万千生灵。

致敬！最亲爱的"生命卫士"

我国幅员辽阔，地形地貌复杂，气候多样，是世界上野生动物种类最丰富的国家之一。中国自 1981 年加入《濒危野生动植物种国际贸易公约》（CITES）以来，认真履行国际义务，采取了一系列比《濒危野生动植物种国际贸易公约》更加严格的措施。为拯救濒危野生动物，我国专项实施大熊猫、朱鹮、扬子鳄等 7 大物种在内的拯救工程。

拯救工程开展以来，建立了大熊猫保护区，建立了陕西朱鹮保护观察站，建立了扬子鳄自然保护区，还有坡鹿、野马、麋鹿等等，成就令世人瞩目。这是无数野生动物保护者们的默默劳动和无私奉献。事实上，大多数野生动物保护者的劳动都是平凡甚至枯燥的，对观察到的现象反复记录，等待动物出现，等待雨雪停止，有时候等待很久也并没有结果。远离尘世的浮华，要耐得住寂寞，要经受得住艰苦环境的考验，甚至还要面对不知何时而来的生命危险。但是，每一名长期从事野生动物保护的工作者，依靠坚定的信仰、内心的执着，以及对于自然的热爱，心有迷茫却不曾绝望，心有恐慌却不甘示弱，心有疲惫却未曾退缩。作为"生命卫士"，他们平凡而伟大的劳动值得我们去赞美和致敬。

"万物各得其和以生，各得其养以成。"一部中华文明史，是一段人与自然和谐共处的悠然岁月。中华民族历来尊重自然，保护人类共有的家园。在现代工业文明发达的今天，我们更要努力建设生态文明，不负大自然的恩馈，通过我们的守护，让美丽的鹤飞翔，让可爱的大熊猫健康成长，让子孙能看到世界万物的丰富与精彩。

敦煌的女儿

　　她是风华正茂的北京大学高才生，毕业后毅然选择了投身于祖国最需要的甘肃省西部戈壁沙漠区，她视735座洞窟的安危如生命，潜心考古文化研究，用所学知识报效祖国，她被称作"北大最美师姐"。改革开放以来，她带领团队创造性地引进先进理念和技术，从莫高窟"申遗"到"数字敦煌"的构建，再到文物保护专项法规和一系列制度的出台……她开创了文物保护与传承的新模式，让敦煌学研究的高地重新回归到中国，向世界展现了中华民族的文化自信。她就是"敦煌的女儿"——樊锦诗，曾任敦煌研究院院长，现任敦煌研究院名誉院长、研究馆员、"改革先锋""文物保护杰出贡献者""最美奋斗者"等国家荣誉称号获得者。

　　敦，大也；煌，盛也。"敦煌"二字早已融入了樊锦诗的生命，从未有过一刻停歇。樊老已年逾八旬，但只要说起敦煌，她依然意气风发。从青春到白发，她扎根大漠，用50余载光阴书写了世界文化瑰宝莫高窟的时代之美、信仰之美、崇高之美，展现了敦煌文物工作者"坚守大漠、甘于奉献、勇于担当、开拓进取"的崇高精神。

此生命定，我就是个莫高窟的守护人

　　1938年，樊锦诗出生于上海一个知识分子家庭。小学时，她不幸患上了小儿麻痹症，几经抢救才得以保住生命。虽然从小体弱多病，但她在学习上却一直名列前茅。1958年，20岁的樊锦诗收到了北京大学历史系的录取通知书，从上海只身前往北京。兼容并包、文理兼收的北大学风感染着她，学贯中西、群星璀璨的历史学系教授们影响着她，为她有力地夯实

扎根于知识与艺术的土壤。

1962年，24岁的樊锦诗被安排到敦煌文物研究所实习。巧夺天工的佛像雕塑，美轮美奂的壁画飞天，这一眼，便是千年。然而，与洞内仙境形成鲜明对比的，是洞外生活的艰苦异常。坐落于甘肃河西走廊西端的敦煌莫高窟，常年黄沙漫天，人迹罕至。以常书鸿、段文杰老先生为代表的第一、二代敦煌人，只能居住在用马厩改建的土房里。这里没有电，没有自来水，交通不便，信息闭塞，由于严重的水土不服，本就体弱的她不得不提前结束实习。可令她没想到的是，毕业分配时，自己竟然被分到了敦煌。樊锦诗的父亲得知她的毕业去向后，火速写信寄到北京，樊锦诗打开一看，其中还夹带着另一封写给北大和历史系领导的信函，希望领导考虑女儿的身体状况，更改分配方案。樊锦诗明白父亲的爱女之心，但努力要强的她，手中攥着父亲的这封信，久久地在宿舍徘徊。当时的敦煌急需考古专业的人才，她已向学校表态服从分配，如果又把父亲搬来为她说情，这种做法实在欠妥。于是，她暗下决心，既然此生与敦煌有缘，就一定要取得真经再回来，绝不能够中途折返。得知女儿去意已决，父亲语重心长地叮嘱她："你腿脚不利落，户外工作务必做好防护！既然是自己的选择，那就好好干！"

20世纪60年代的勘探入洞，没有栈道，没有楼梯，只有一把用简易木头搭建的"蜈蚣梯"，腿脚不便的樊锦诗每次入洞都是在铤而走险。壁画的抢救性修复是一项极为专业的工作，文物不可再生的特性决定了每一步操作都不允许出现失误，这就需要修复师不仅要技术精湛，而且要耐力超强。樊锦诗和几位老先生在洞窟一待就是数月，一厘米一厘米地吹掉壁画上的积沙，用针筒将修复材料准确地注射到壁画和墙壁之间。配制合适的修复材料需要联合化学专家做数十次实验，有时一天下来也只能修复碗大的一块壁画，文物守护者的生命就在这样缓慢的吹沙、注射、配料、粘贴中度过。她就像一位"壁画医生"，早上一睁眼就对着这群空鼓、起甲的"壁画病人"，想方设法地与时间赛跑，将这些美丽却脆弱的人间瑰宝一寸一寸拯救出来。

从 1963 年夏那个赴敦煌报到的北京大学毕业生，到如今青丝变白发的敦煌研究院名誉院长，樊锦诗在敦煌度过了大半生的岁月。"我已经感觉自己是长在敦煌这棵大树上的枝条。离开敦煌，就好像自己在精神上被连根砍断，就好像要和大地分离。我离不开敦煌，敦煌也需要我。"樊锦诗坦言自己命在敦煌，愿一生做敦煌的守护者与传薪者。

相识未名湖，相爱珞珈山，相守莫高窟

樊锦诗和丈夫彭金章是北大同班同学。毕业后两人天各一方，樊锦诗去了敦煌，而彭金章则被派去武汉。彭金章前往敦煌看望未婚妻时，两人从专业考古聊到佛学艺术，但是关于未来，两人却始终难以开口：相距几千里，难道婚后也要承受异地之苦吗？如果有了孩子呢？一次，两人珞珈山相会临别前，彭金章拉起樊锦诗的手，轻声地说了一句："我等着你。"这让樊锦诗哽咽在喉，百感交集……他们结婚了！由于敦煌的文物保护每天都在与时间做对抗，工作繁重的樊锦诗每年仅有 20 天探亲假与丈夫相聚。后来她曾经有机会调派去武汉工作，与丈夫和儿子团聚，但是一想到敦煌文物保护的紧迫性，她忍痛放弃了调派机会。谁也没想到，婚后的两地分居，一分就是 19 年，直到 1986 年彭金章追随她来到了敦煌。这位迟来的"敦煌女婿"，主持了莫高窟北区石窟 200 多个洞窟的清理发掘工作，填补了多项考古学的学术空白。

2017 年，彭金章先生因病辞世，樊锦诗追忆道："他主动放弃了在武汉大学的学术生涯，因为他知道我离不开敦煌，他做出了让步。他从来没抱怨我，相反我做一些事能做成了他为我高兴。他去世了，我感觉一辈子都亏欠他，他对我那么好，而且勤勤恳恳为敦煌的学术工作做出了成绩。""我的老彭在天之灵应该知道，这个军功章的一半应该属于他。"最

美的爱情，大概就是经历时光和岁月的打磨后依然认定彼此，愿意在精神和事业上默默守护对方，成就彼此。樊锦诗也曾在家庭与敦煌间无数次徘徊，想过离开敦煌，但终究没有走。选择坚守于她而言是一份责任，是使命的召唤，更是对传承千年的民族文化发自内心地热爱。2019 年 7 月，她在写给北京大学新生的亲笔信中写道："投入敦煌石窟的保护、研究、弘扬事业，把敦煌莫高窟建设成名副其实的世界遗产博物馆……我这辈子就做了一件事，无怨无悔。"

文物要保护，要走好中国特色的文物保护旅游开发道路

敦煌文化延续近 2000 年，是世界上现存规模最大、内容最丰富、保存最完整的艺术宝库。然而，随着陆上丝绸之路衰落，特别是近代西方列强的入侵，致使藏经洞文物被荒废遗弃或是任人偷盗破坏，绝大部分流散于英、法、俄、日等国的公私收藏机构，因而在国际上曾一度流行"敦煌在中国，敦煌学在外国"的说法。直到新中国成立后，这些文物才重新得到保护和管理。随着改革开放的深入推进，中国敦煌学研究迎来了新的春天。在樊锦诗的主导和推动下，国际合作的开展使大批先进理念和技术引入国内，中日合著的《中国石窟》名噪一时；敦煌莫高窟北朝、隋及唐代前期的分期断代完成，26 卷大型丛书《敦煌石窟全集》出版……大量的突破性理论研究和实践成果，使中国重新成为敦煌学的研究高地。

1998 年，60 岁的樊锦诗从段文杰老先生手中接过院长重担时，遇到了棘手难题：当文物保护和当地旅游开发发生矛盾的时候，怎么办？随着莫高窟知名度越来越高，当地曾有人提出让莫高窟上市进行商业开发，把莫高窟变成"摇钱树"。樊锦诗第一个站出来反对，她十分清楚游客的激增对这些脆弱的文物无疑将带来毁灭性的灾难。为此，她四处奔波，联名其他政协委员提交了《关于建设敦煌莫高窟游客服务中心的建议》的提案，并于 2005 年首创了每天游客不能超过 3000 人的"旅游预约制"。

如何让洞窟里的文物都活起来，让更多人爱上敦煌呢？从20世纪末开始，年过六旬的她带领敦煌研究院的同事们，对每个洞窟、每幅壁画和每尊造像都进行了图像采集。同时，将分散在世界各地的敦煌研究文献及相关资料汇集成电子档案，使莫高窟的历史信息得到永久保存和永续利用。2016年，樊锦诗提出建立的"数字敦煌"资源库正式上线，全球观众可在线全景漫游这座人类文明宝库。千年壁画的美轮美奂，得以在人间永存。借助于现代科技，古老的敦煌焕发出新的生机与活力，这不仅为文物保护及敦煌学的研究提供了宝贵资源，满足了更多游客的文化旅游需求，而且缓解了古迹旅游开放与文物保护之间的矛盾。

　　2019年8月，习近平总书记来到敦煌的莫高窟，观看了珍藏文物和学术成果展示，并同有关专家、学者和文化单位代表座谈，充分表达了党中央对敦煌文物工作的关心和重视。樊锦诗说："敦煌研究院取得的成绩，是几代莫高窟人艰苦奋斗、勇于创新，淡泊名利、甘于奉献，通过脚踏实地的辛勤劳动实现的。"让莫高窟这个古老的中华民族文化明珠永放光彩，是几代敦煌人梦寐以求的，也是中国梦的重要内容。以樊锦诗为代表的敦煌文物工作者，将人生理想、家庭幸福融入国家富强、民族复兴的伟业中，把个人梦与中国梦密切相连。

　　北京大学艺术学院顾春芳教授在《我心归处是敦煌：樊锦诗自述》后记中写道："在樊锦诗的身上，呈现着一种少有的气质——单纯中的深厚、宁静中的高贵、深沉中的甜美。当我这样感觉她的神气的时候，我发现，这正是我面对敦煌壁画时候的关于美的体验。壁画穿越历史的美，那种沧桑中的清雅和灿烂，在这里以一种奇妙的方式渗透在一个人的气度之中。"

　　"感动中国"2019年度人物评选组委会给予樊锦诗的颁奖辞这样写道："舍半生，给茫茫大漠。从未名湖到莫高窟，守住前辈的火，开辟明天的路。半个世纪的风沙，不是谁都经得起吹打。一腔爱，一洞画，一场文化苦旅，从青春到白发，心归处，是敦煌。"

小喇叭开始广播啦

　　1950年5月28日，北京市第一届"文代会"在劳动人民文化宫召开。根据大会代表资格要求参与大会的，一是从事文学艺术工作并有一定成绩的人；二是在文学艺术活动或创作上有贡献的人；三是北京市文学艺术机构的主要负责人；四是在本市的文学艺术专家或与本市文学艺术工作有联系的人。梅兰芳、程砚秋、尚小云、赵树理、俞平伯、欧阳予倩、老舍、齐白石、戴爱莲……许多文艺界的知名人士都出席了大会。

　　他们当中，有一位50岁上下的中年人，胸前佩戴着代表证，上面的编号是100号。他是谁？他为什么能够出席第一届"文代会"呢？

　　他叫孙敬修，当时是北京市汇文第一小学的老师，课余时间在广播电台为儿童讲故事。在大会发言中，他说道："我是从事儿童教育工作的，我现在代表小娃娃、小朋友，向诸位说两句请求的话。请诸位同志们，在为成人写作以外，抽出一些时间来，专为儿童写些东西，会后叫小朋友们能看到专门为他们创作的电影、戏剧、音乐、歌舞、美术和更多的儿童读物。因为有诸位的照顾，才能使儿童们得到更多的教育，更多的幸福！"

　　在此后的岁月里，他身体力行，一直为小朋友们写故事、讲故事。据统计，孙敬修一生讲了上万个故事，有自己创作的，也有广泛借鉴古今中外的优秀民间故事并结合儿童的心理特点进行再创作的。他用自己的声音塑造了一个个栩栩如生的人物形象，更借助故事把真善美的道理传达给听众小朋友，成为了陪伴几代人成长的"故事爷爷"。

用爱引导成长

"故事爷爷"讲故事的生涯是如何开始的呢？这，还要从他的青少年时代说起。

孙敬修 1901 年出生于北京的一个贫苦家庭。少年时代的孙敬修刻苦读书，除了背诵大量古典诗词外，还阅读了《红楼梦》《西游记》《三国演义》《水浒传》等许多文学名著。他还喜欢评书、相声、大鼓等民间说唱艺术。在此后写故事、讲故事的过程中，他从中吸取了不少情节，充实所讲故事的内涵，同时也借鉴这些艺术形式，丰富自己的表现手法。

1921 年，20 岁的孙敬修从京兆师范毕业，成了一名小学教师。后来，他开始在汇文第一小学任教，教国文、算术、自然、历史、地理、美术和音乐，还担任过年级主任、教导主任、代理校长等职务。虽然教师的收入微薄，但孙敬修非常投入地工作，他爱孩子，爱教育事业，希望用爱来引导孩子们成长。

孙敬修讲的第一个故事，是给住校生讲的。一天晚上，他偶然在学生宿舍看到孩子们在吵闹，便给他们讲了《一地鸡毛》的故事，大家就全部被吸引住了。刚开始只是因为同情住校生们周末不能回家，才萌发了给大家讲故事的想法，而这"同情"和"爱"也成了他讲故事的起点。应孩子们的要求，每周六晚上在礼堂讲故事成了孙敬修的"必讲课"。此后的日子里，不管怎么忙，他始终信守承诺，风雨无阻。20 世纪 50 年代就读于汇文第一小学的学生们还记得，学校里的美术和音乐老师孙敬修，每周六晚上都会放弃自己的休息时间，与校园里的学生一起度过，给大家讲故事。他在用故事为学生们创造了一个温暖的精神家园的同时，并开始深入思考如何用讲故事的方式对孩子们进行教育。

1932 年的一天，汇文第一小学接到北平市教育局发来的通知——北平广播电台邀请汇文第一小学的同学们到电台去做节目。由于孩子们的节目时长不够，带队教师孙敬修只好临场应变讲了一个《狼来了》的故事。没想到，《狼来了》开始了他在广播电台为孩子们讲故事的生涯。

1951 年春，有一天，中央人民广播电台两位工作人员来到汇文第一小学，邀请孙敬修到电台继续给孩子们讲故事。于是，他在 50 岁那年进入了新成立的中央人民广播电台，作为特约播音员播出儿童节目《小喇叭》——"小朋友，小喇叭开始广播啦！嗒嘀嗒、嗒嘀嗒、嗒嘀嗒——嗒——嗒——"，《小喇叭》节目的旋律和动听的故事，成为了很多人的童年回忆。

用心追求艺术

在讲故事的几十年时光里，孙敬修收获了数不清的"粉丝"。西班牙记者莫拉雷斯说"孙敬修先生是世界受崇拜的人中，崇拜者人数最多的人"，还有人称他为"东方安徒生"。

很多人都能讲故事，为什么孙敬修的故事这么吸引人？他的故事究竟好在哪呢？好就好在他用心去讲，用心的背后是他对听众小朋友的挚爱。

孙敬修常常琢磨怎样才能把故事讲得生动有趣，他不断地学习、了解儿童的心理和语言，并把这些运用到讲故事的过程中。

比如，孙敬修讲《红军的故事》，其中有"干粮袋""爬山越岭"等词，孩子们可能不太理解。他就从孩子们的生活经验入手，用类比的方法讲起——孩子们只知道装饭的东西叫饭盒，可红军那时没有饭盒，吃的装在一个用布缝的袋子里，里面装上炒熟的米、面或豆子，背在身上非常方便，这个袋子就叫"干粮袋"。"爬山越岭"非常形象地说明了红军走山路的情形，山路陡了就用手抓着石头、草根或者树枝往上爬，所以叫"爬山"；"越"就是翻过，"岭"就是山尖，从山这边到山那边叫"越岭"。一座山一座山翻越前进，体现了红军叔叔顽强拼搏、自强不息的革命精神。

孙敬修还善于根据儿童的心理特征，采用夸张的手法，以取得更好的

艺术效果。比如用"扑啦扑啦"来形容大雪的声势，也许有人会说，"扑啦扑啦"是形容声音的，用它来形容下雪这样无声的场景好像并不贴切。但如果再仔细琢磨一下，会觉得很妙。与其说是象声，不如说是象形——鹅毛大雪漫天飞舞。"扑啦扑啦"既能够形容雪势之大，又把雪花下落的情景形象地表现出来，有声有色。

孙敬修常常总结讲故事的经验，把自己多年钻研思考的心得娓娓道来。他说，要把故事讲好，首先要认真分析故事。如果讲故事的人对自己所讲的内容不熟悉，只是照着书本念出来，干巴巴的语言，没有丰富的词汇和语调，根本无法引起孩子们的兴趣。在分析的基础上，要针对不同的故事类型——神话故事、童话故事、革命烈士故事、科学故事等，设计不同的讲述结构，安排好故事叙述的节奏，抑扬顿挫、跌宕起伏，以此吸引小听众。而后，要熟记故事。熟记，就要熟记故事的情节脉络，熟记故事中的人物及他们的对话，熟记故事中的重要词句。除此之外，还要把经过分析后设计的重音、停顿，故事中众多人物的表情、动作、音色、节奏等熟记下来。必要时，还要多试讲。找来几个小听众，通过观察他们听故事时的表情和神态，看看是否有注意力不集中或是眼神迷茫的情况，就可以判断出故事讲得是否有趣。讲故事时要给孩子们留下一个良好的第一印象，要有一个好的"亮相"，就需要讲故事的人做到仪容端庄、态度大方、和蔼可亲……

这样的一些文字，今天读来依然让人感觉细致入微、充满温度，一位亲切慈祥的"故事爷爷"跃然纸上。

用生命点亮光明

1978 年，年近八旬的"故事爷爷"回到了阔别多年的中央人民广播电台，继续为孩子们讲故事。晚年的他似乎更忙碌了，除了给孩子们讲故事，他还要到一些院校讲授儿童心理学和教育方法，无私地跟大家分享自己的经验。他总是希望有更多的人能够给孩子们讲故事，讲好故事，因为他心里装着对孩子们的爱，对儿童教育事业的爱。他说："我只要一看见孩子们的笑脸，精神就上来啦。我爱孩子，孩子也爱我。我虽然80多岁了，是个蜡烛头了，但我还要燃烧，有一分热发一分光。我的座右铭是：甘为春蚕吐丝尽，愿做红烛照人寰。"

孙敬修把对国家、对孩子、对教育的爱融会在一个个故事当中，用绘声绘色的语言、生动活泼的讲述，潜移默化地教育和影响着一代又一代的孩子们，在他们幼小的心灵中播撒下爱国、正直、善良的种子。

1990年3月5日，"故事爷爷"永远地离开了孩子们。在万安公墓，一座墓碑上雕刻着孙敬修生前为少年儿童拟就的一段话——亲爱的小朋友、少年朋友们！你们好！我祝福你们，愿你们都能珍惜时间，努力学习，使身体好、心灵美、知识丰富，学有专长，不受坏思想的污染，不受坏人的引诱，健康成长，早日成才！为祖国、为人民多做有益的事，成为受人民敬爱之人。

时至今日，依然经常有人去为北京市少年宫文体楼前的孙敬修塑像戴上红领巾，其中既有现在的小朋友，也有曾经的小朋友——那些由"小喇叭"陪伴着长大的人们。大家都会想起孙敬修，想起他真诚、深厚、炽热的爱，想起永远不老的"故事爷爷"。